F.C. L M

L'héritage des Calhoun

NORA ROBERTS

L'héritage des Calhoun

HARLEQUIN

Cet ouvrage a été publié en langue anglaise
sous le titre :
COURTING CATHERINE

Traduction française de
JULIE VALENTIN

Ce roman a déjà été publié dans la collection
LA SAGA DES CALHOUN N°1
sous le titre :
POUR L'AMOUR DE CATHERINE
en octobre 1993 et 1998

HARLEQUIN®

est une marque déposée du Groupe Harlequin

Photos de couverture
Château : © PANSTOCK / STOCK IMAGE
Jeune femme : © DAVID ROTH / GETTY IMAGES

Toute représentation ou reproduction, par quelque procédé que ce soit, constituerait
une contrefaçon sanctionnée par les articles 425 et suivants du Code pénal.
© 1991, Nora Roberts. ©1993, 1998, 2004, Traduction française : Harlequin S.A.
83-85, boulevard Vincent-Auriol, 75013 PARIS — Tél. : 01 42 16 63 63
Service Lectrices — Tél. : 01 45 82 47 47
ISBN 2-280-15400-5

Prologue

Bar Harbor, Maine
12 juin 1912

Je l'ai vu tout à l'heure arpenter les falaises qui surplombent la baie du Français. Il était grand, jeune et ténébreux. Tandis que j'avançais en tenant par la main mon petit Ethan, j'ai été frappée, en dépit de la distance, par la ligne puissante de ses épaules. Armé de son pinceau et de sa palette de couleurs, il donnait l'impression de livrer un duel implacable. Sa concentration était telle, les mouvements de son poignet étaient si rapides et si précis, qu'on aurait juré que sa vie dépendait de ce qu'il peignait là.

Peut-être était-ce le cas.

Quel spectacle déroutant, en tout cas. Dans mon esprit, les peintres avaient toujours été de belles âmes qui voyaient ce que le commun des mortels n'était pas en mesure de distinguer, et qui restituaient dans la souffrance leur vision sur une toile.

Avant qu'il ne tourne la tête vers moi, je sus que ses traits n'auraient rien de doux.

En réalité, il semblait être lui-même l'œuvre d'un artiste. Son visage était comme sculpté dans la masse d'un bloc de chêne, avec un long nez droit et une bouche sensuelle. Même le mouvement de ses cheveux paraissait avoir été ciselé au burin dans le cœur d'un tronc d'ébène.

Une légère brise gonflait la grande blouse qui, bien que constellée de taches de peinture, accentuait sa prestance. Sa silhouette se détachait fièrement des rochers, comme si l'île lui appartenait. Et comme si j'étais une intruse.

En m'apercevant, il se figea et m'enveloppa d'un regard farouche. Quel regard ! Il me semble encore sentir la bouffée de chaleur qui dut empourprer mon visage. Indifférent à l'hostilité dont nous étions l'objet, mon petit Ethan en profita pour babiller. Du coup, le regard furibond qui nous avait accueillis se radoucit. Et il sourit. Je sais qu'un cœur ne s'arrête pas de battre en de telles circonstances. Pourtant...

Dans mon émoi, je m'excusai humblement de l'avoir dérangé et je repris ma promenade.

— Attendez.

Saisissant un bloc et un crayon, il commença à ébaucher une esquisse tandis que je me pétrifiais sur place, les jambes tremblantes. Ethan m'imita, aussi fasciné que moi par la personnalité de l'inconnu. Dans mon dos, je sentais la brûlure du soleil tandis que le vent du sud, qui venait de face, m'apportait le parfum de la mer et celui des roses sauvages.

— Vos cheveux devraient être dénoués, remarqua-t-il.

Il posa son crayon, s'avança à grandes enjambées vers moi, puis se tourna vers Ethan, dont il effleura les boucles rousses.

— Ils ont la même couleur flamboyante que ceux de votre frère.

— C'est mon fils..., murmurai-je d'une voix à peine audible. Je suis Mme Fergus Calhoun.

— Ah, le manoir des Tours.

Cessant un instant de me dévorer du regard, il scruta le lointain, là où les tourelles de notre résidence d'été découpaient l'horizon bleuté.

— Vous avez une ravissante demeure, madame Calhoun.

Avant que j'aie eu le temps de répondre, Ethan se sauva en riant. L'inconnu l'attrapa au passage et le souleva dans ses bras avec une facilité déconcertante.

— Un beau garçon ! s'exclama-t-il.

— Et débordant d'énergie. J'ai décidé de le promener pour soulager un peu sa gouvernante. Ce petit diable lui donne plus de tracas que mes autres enfants réunis.

— Oh, vous avez d'autres enfants ?

— Oui. Une fille qui a un an de plus qu'Ethan et un bébé. Nous sommes arrivés hier pour la saison d'été. Vous habitez l'île ?

— Pour l'instant. Accepteriez-vous de poser pour moi, madame Calhoun ?

Je rougis. Malgré l'embarras que me causait cette requête — et la façon abrupte dont elle avait été formulée —, j'éprouvai un immense plaisir. Je la rejetai néanmoins avec courtoisie, autant par décence que par crainte du caractère orageux de Fergus. L'inconnu n'insista pas. Non sans honte, je dois avouer que j'en conçus une grande déception.

Lorsqu'il me rendit Ethan, nos regards se croisèrent et il sembla lire en moi, comme personne ne l'avait fait auparavant. Il me souhaita une bonne journée. Alors, à contrecœur, je rebroussai chemin avec mon fils, en direction du manoir.

Aussi sûrement que si j'avais tourné la tête, je sais qu'il me suivit des yeux jusqu'à ce que je disparaisse, le cœur battant, au détour du sentier qui longe les rochers.

1.

Bar Harbor 1991

Trenton St. James, troisième du nom, était d'humeur massacrante. Il faisait partie de ces hommes qui s'attendent à ce que les portes s'ouvrent devant eux au moment précis où ils appuient sur la sonnette, ou que les combinés de téléphone se décrochent alors qu'ils ont à peine fini de composer le numéro. Il n'avait donc pas envisagé une seconde — l'hypothèse était même inconcevable — que sa BMW tomberait en panne en rase campagne, à quinze kilomètres de son lieu de destination. Heureusement, son téléphone de voiture lui avait permis de localiser et de contacter le garagiste le plus proche.

Après quoi, il avait patienté jusqu'à ce qu'une dépanneuse vienne s'arrêter près de lui. Le trajet jusqu'à Bar Harbor avait été un désagrément supplémentaire. Insensible au vacarme de la sirène qui hurlait sur le toit de sa camionnette, le dépanneur — qui répondait au prénom de Hank — avait chanté à tue-tête tout le long du chemin, ne s'interrompant que pour respirer ou mordre avec appétit dans un énorme sandwich au jambon.

— C.C. va vous arranger ça en un clin d'œil ! avait-il assuré d'un ton débonnaire. C'est le meilleur mécano du Maine, tout le monde vous le dira.

Trent avait décidé qu'il se contenterait de cette unique recommandation.

Pour s'épargner une attente inutile, il se fit déposer dans le centre de la ville et laissa à Hank le soin de conduire son véhicule au garage, après avoir noté l'adresse sur son agenda. Comme toujours en pareille situation, il profita de ce contretemps pour donner quelques coups de téléphone à Boston, à son bureau, et semer la panique parmi son personnel.

Il déjeuna ensuite à la terrasse d'une auberge où, à la vérité, il prêta plus d'intérêt aux pages financières de son journal qu'à la saveur du homard grillé qui refroidissait dans son assiette. Après plusieurs tasses de café, il observa avec impatience le va-et-vient paisible de la circulation, tout en consultant régulièrement sa montre — avec tout autant d'impatience.

A l'intérieur de l'auberge, intriguées par son manège, les deux serveuses échangeaient leurs impressions.

12

C'était le début avril, et la saison n'était pas vraiment commencée. A cette époque de l'année, les clients se faisaient encore rares — surtout des clients comme celui-ci. Bel homme, il cultivait l'élégance de la racine de ses cheveux châtains à la pointe de ses mocassins cirés avec soin. Elles en conclurent que leur client était un businessman important — sa serviette de cuir et son complet en serge gris le confirmaient, de même que ses boutons de manchettes et sa montre en or. Massif, bien sûr.

D'un commun accord, après de nombreux allers et retours entre la salle et la terrasse, elles décidèrent qu'il n'avait guère plus de trente ans. Outrageusement beau et racé, il fallait le répéter. Des traits éminemment masculins, pétris de distinction. En s'attardant sur son regard sombre et parfois lointain, elles se demandèrent si une femme ne lui avait pas fait faux bond — bien qu'il parût inimaginable qu'une femme douée de raison puisse commettre une sottise de ce genre.

Trent, qui avait tout suivi de leur manège, ne leur accorda aucune attention. Et la déception des deux jeunes femmes ne fut pas compensée par le généreux pourboire qu'il abandonna royalement sur la table avant de prendre le chemin du garage. Comme nombre de St. James, il avait grandi au milieu d'une nuée de serviteurs qui s'ingéniaient à lui rendre la vie simple et agréable. En échange, il payait bien. Et s'il ne manifestait jamais sa reconnaissance, par un sourire, par exemple, c'est qu'il n'en avait jamais eu l'idée.

En cet instant, il ne songeait qu'à la transaction qu'il voulait conclure d'ici à la fin de la semaine. L'été précédent, alors qu'il naviguait avec sa quatrième femme dans la baie du Français, son père avait repéré une superbe propriété. Trenton St. James II avait un piètre instinct en matière de femme, la chose était de notoriété publique ; en revanche, son sens des affaires était remarquable. Sans perdre une minute, il avait interrompu sa croisière et s'était mis en tête d'acheter l'imposant manoir qui dominait la baie. Malheureusement, la réticence des propriétaires à vendre ne lui avait pas permis d'obtenir satisfaction.

Et comme Trenton St. James II avait entamé une nouvelle procédure de divorce, c'est son fils qui avait hérité du dossier.

L'épouse n° 4 n'avait duré que huit mois. Soit deux de plus que l'épouse n° 3. Avec résignation, Trent prévoyait déjà l'apparition d'un numéro cinq... En tout cas, il était décidé à signer la promesse de vente, avant que le divorce paternel ne soit prononcé. Dès que sa voiture serait en état de marche, il irait visiter la propriété des Tours.

D'après ce qu'il en avait appris, les rues de Bar Harbor étaient envahies l'été par des hordes de touristes, riches en traveller's cheques et en cartes de crédit. Nombre d'entre eux exigeaient de luxueux hôtels. Trent avait même des chiffres dans sa serviette. Les Tours, il en était persuadé, ne manqueraient pas d'attirer une clientèle aisée et prodigue. Tout ce qu'il avait à faire, c'était de convaincre quatre jeunes femmes un tantinet sentimentales et leur tante d'accepter son argent et d'aller s'installer ailleurs.

Il consulta de nouveau sa montre et se dirigea vers le garage. Au jugé, il avait accordé deux heures au mécanicien pour localiser la panne et réparer sa BMW. C'était amplement suffisant.

Certes, il aurait pu emprunter l'avion de sa société. Le voyage aurait été plus rapide. Trent avait préféré conduire, cependant, mettant à profit ces quelques heures de route pour se détendre et réfléchir dans le calme.

Si son chiffre d'affaires progressait à une allure folle, sa vie personnelle sombrait dans le néant. Qui aurait supposé que Marla lui lancerait tout à coup un ultimatum ? Elle savait pourtant depuis le début de leur relation que le mariage était exclu. Dans ce domaine, Trent n'avait nullement l'intention de suivre les traces de son père.

D'accord, il l'aimait bien. Elle était ravissante, intelligente et réussissait dans son métier de styliste. Avec Marla, tout était à sa place, en ordre. Une qualité que, plus que n'importe quelle autre, Trent prisait chez une femme. De la même manière, il appréciait les ambitions limitées qu'elle nourrissait à son égard. Elle lui avait déclaré ne vouloir ni mari, ni enfants, ni serment d'amour éternel.

C'est pourquoi Trent avait reçu son soudain revirement comme une trahison. Comme il s'était révélé incapable de répondre aux vœux de la jeune femme, ils s'étaient séparés voilà deux semaines. Peu après cette séparation, Trent avait appris qu'il avait déjà un remplaçant, un joueur de golf professionnel auquel Marla venait de se fiancer. La nouvelle lui avait causé un certain choc, tout en renforçant sa conviction : les femmes étaient des créatures versatiles et volages. Quant au mariage, ce n'était ni plus ni moins qu'un suicide.

Dieu merci, elle ne l'avait jamais aimé. Elle recherchait d'abord le « confort et la stabilité » — ainsi qu'elle le lui avait elle-même avoué. Bientôt, cependant, elle découvrirait que le mariage n'avait rien d'une panacée.

Résolu à ne pas épiloguer plus longtemps sur ses erreurs, Trent traversa la rue et s'arrêta devant un bâtiment blanc. Sous l'enseigne — « C.C. Automécano »

—, figuraient la liste et les tarifs des services offerts vingt-quatre heures sur vingt-quatre.

Avec un soupir, Trent s'engouffra à l'intérieur de la bâtisse. Le capot de sa BMW était relevé. Entre les roues, une paire de bottines dépassait, s'entrechoquant au rythme de la musique rock qui s'échappait d'un poste de radio. Il régnait une odeur de graisse et de chèvrefeuille. Un mélange insolite. Pour ne pas dire incongru.

En fronçant les sourcils, il jeta un coup d'œil autour de lui. Une multitude d'outils et de pièces détachées encombrait les établis et, dans un coin, une machine à café se manifestait par ses sifflements et ses jets de vapeur. Sur un mur, Trent avisa un écriteau qui proclamait : « Les chèques ne sont pas acceptés. Pas même les vôtres. »

Près de l'entrée, plusieurs colonnes de tarifs étaient placardées. Trent jugea les prix raisonnables, bien qu'il manquât d'éléments de comparaison. Deux gros distributeurs antédiluviens encadraient une fenêtre — l'un offrait des boissons gazeuses, l'autre des friandises ou des sandwichs. Une boîte en fer remplie de menue monnaie laissait le consommateur libre de puiser dans cette tirelire ou d'apporter son obole.

« Un concept intéressant », jugea Trent avec un sourire.

— Excusez-moi.

Les bottines continuèrent à marquer le rythme, l'une contre l'autre.

— Excusez-moi...

Le tempo s'emballa, et les bottines suivirent le mouvement. Trent en toucha une avec la pointe de son mocassin.

— Qu'est-ce que c'est ? demanda une voix depuis le dessous du véhicule.

— Je voudrais des nouvelles de ma voiture.

— Attendez votre tour.

Il y eut un fracas d'outils, suivi d'un juron bien senti. Trent haussa les sourcils, de cette manière qui avait l'avantage de terroriser ses subordonnés.

— Apparemment, je suis le premier de la file.

— Non, vous êtes derrière le bolide de cet idiot. Mon Dieu, protégez-moi de ces yuppies qui achètent des petits bijoux de ce genre et ne sont même pas fichus de faire la différence entre un carburateur et un joint de culasse. Patientez une minute ou appelez Hank. Il est dans les parages.

Bouche bée, Trent chercha à recouvrer ses esprits. Le qualificatif d'« idiot » avait du mal à passer.

— Où se trouve le propriétaire ? demanda-t-il.

— Occupé. Hank !

La voix du mécanicien se transforma en rugissement.

— Flûte et zut et flûte ! Hank ! Où se cache-t-il, encore ?

— Je l'ignore.

Trent s'avança vers le poste de radio et l'éteignit.

— Pourriez-vous avoir l'obligeance de sortir et de me préciser l'état de ma voiture ?

— Une seconde.

De son poste d'observation, sous la BMW, Catherine aperçut d'abord les mocassins. Et elle les détesta sur-le-champ.

— Je ne peux pas lâcher mes outils. Si vous êtes pressé, venez me donner un coup de main ou bien allez chez McDermit. Son garage se trouve au nord-ouest du port.

— Cela risque de poser quelques difficultés. Vous êtes sous ma voiture.

— Oh... c'est la vôtre ?

Catherine se raidit. En effet, l'accent de Boston de son interlocuteur se mariait assez bien avec l'élégance insolente de ses chaussures italiennes.

— A quand remonte sa dernière visite chez un garagiste ?

— Je ne sais...

— Evidemment ! Je m'y attendais.

Devant l'évidente satisfaction qui transparaissait sous cette remarque, Trent serra les dents.

— Acheter une voiture pareille, poursuivit Catherine, c'est accepter d'en assumer la responsabilité. Bien entretenue, votre petite merveille pourrait faire la joie de vos enfants et de leurs enfants. Vous savez, les automobiles ne sont pas un moyen de transport comme les autres. Il faut les traiter avec égard. Souvent, les gens sont trop paresseux ou trop stupides pour leur accorder le minimum de soin et d'attention qu'elles méritent. Celle-ci aurait dû subir une révision complète voilà six mois.

— Ecoutez, jeune homme, je vous paie pour une réparation, pas pour me sermonner ! A présent, j'aimerais savoir quand ma BMW sera disponible. J'ai un rendez-vous important.

— Le sermon est gratuit..., commença Catherine en poussant le chariot sur lequel elle était allongée. Et je ne suis pas votre jeune homme.

C'était une évidence, songea Trent quand il la vit apparaître de sous la BMW. Malgré le visage noir de cambouis et les cheveux coupés à la garçonne, la silhouette emprisonnée dans une combinaison constellée de taches d'origines diverses était, sans aucun doute, féminine. Jusqu'au bout des ongles.

Décontenancé, Trent dévisagea la jeune femme qui se levait et se tint bientôt devant lui, une clé à molette en main.

En dépit des traces noires qui lui barraient le front et les joues, elle avait une peau très claire qui contrastait avec la masse foncée de ses cheveux souples. Sous de longs cils recourbés, des yeux verts le contemplaient sans aménité, et la moue que dessinaient les lèvres pleines, dépourvues de maquillage, n'aurait pas manqué de séduction en d'autres circonstances.

Ainsi, pensa Trent, c'était elle qui sentait l'huile et le chèvrefeuille.

— Il y a un problème ? demanda Catherine pour couper court à l'examen méthodique dont elle était l'objet.

— Vous êtes le mécanicien ?

— Non, je suis la décoratrice d'intérieur.

— Vous avez accompli un remarquable travail..., souligna Trent en regardant autour de lui.

Avec un soupir exaspéré, la jeune femme haussa les épaules.

— L'huile et le filtre à air avaient besoin d'être changés. L'allumage était mort, et le carburateur nécessitait un réglage. Une révision complète est toujours indispensable. Quant à votre radiateur, il devrait être nettoyé à fond.

— Marche-t-il ?

— Oui, il fonctionne.

Catherine sortit un mouchoir de sa combinaison et s'essuya les mains. Son interlocuteur était à l'évidence le genre d'homme à se soucier davantage de ses cravates que de sa voiture. Mais ça ne la concernait pas.

— Suivez-moi dans le bureau, indiqua-t-elle en fourrant le mouchoir dans sa poche. Nous allons régler ça.

Elle le conduisit jusqu'à une pièce vitrée, meublée d'étagères et d'un grand bureau couvert de papiers derrière lequel elle s'assit. Sous une pile de dossiers, elle saisit un carnet de factures.

— Comptant ou carte de crédit ? demanda-t-elle.

— Carte de crédit.

Machinalement, Trent sortit son portefeuille. Il n'était pas sexiste, songea-t-il. Non, il n'était pas sexiste... Dans sa société, il offrait à son personnel féminin la même rémunération et les mêmes chances de promotion qu'aux hommes. Peu lui importait le sexe de ses employés, pourvu qu'ils ou elles soient compétents, efficaces et loyaux. Pourtant, plus il étudiait la jeune femme occupée à remplir sa facture, moins il trouvait qu'elle correspondait à l'idée qu'il se faisait d'un garagiste.

— Depuis combien de temps travaillez-vous ici ?

Il fut surpris lui-même par sa curiosité. Une question aussi personnelle allait à l'encontre de ses principes.

— Depuis l'âge de douze ans, lui répondit Catherine. Tranquillisez-vous, je connais mon métier. Le travail effectué dans mon garage est garanti.

— Votre garage ?

— Oui, le mien.

Elle sortit une calculatrice d'un tiroir et tapota les touches avec dextérité, d'un doigt fin et nerveux.

Catherine mourait d'envie de remettre cet homme à sa place. Peut-être son hostilité venait-elle des mocassins. A moins que ce ne soit de sa cravate, qui dénotait une évidente arrogance.

— Voilà de quoi il retourne, annonça-t-elle.

Elle lui montra le carnet et détailla point par point la facture. Sans prêter attention à ses paroles, Trent se contenta de fixer la jeune femme d'un regard fasciné. Une telle attitude était à l'opposé de ses habitudes. D'ordinaire, il étudiait d'un œil critique le moindre document déposé sur son bureau.

— Des questions ? lui demanda-t-elle en levant enfin les yeux vers lui.

— Vous êtes C.C. ?

— C'est exact.

Catherine s'éclaircit la gorge, embarrassée par les yeux scrutateurs qui la fixaient. Pourquoi réagissait-elle ainsi ? C'était ridicule ! Le regard de cet homme était banal — même s'il lui semblait à présent plus intense qu'elle ne l'avait noté au départ.

— Vous avez des marques de graisse sur la joue, remarqua-t-il en lui souriant.

23

Le changement dans sa physionomie était étonnant. L'individu hautain s'était soudain transformé en un homme chaleureux. Le pli de sa bouche s'était adouci, et l'impatience que recelait son regard avait disparu, remplacée par une lueur d'humour charmeuse. Irrésistible.

Malgré elle, Catherine lui rendit son sourire.

— Ça fait couleur locale.

Consciente que sa réponse pouvait apparaître trop abrupte, elle fit un effort pour corriger cette impression.

— Vous venez de Boston ? demanda-t-elle.

— Oui. Comment le savez-vous ?

— Avec vos plaques d'immatriculation du Massachussetts et votre accent, ce n'était pas difficile à deviner. Nous avons beaucoup de visiteurs en provenance de Boston sur l'île. Vous êtes ici pour les vacances ?

— Pour affaires, corrigea Trent.

Au passage, il essaya de se remémorer la dernière fois qu'il avait pris des congés. En vain. Cela devait remonter à deux ou trois ans.

Catherine saisit son planning et vérifia son emploi du temps du lendemain.

— Si vous restez quelques jours ici, nous pourrions réviser votre voiture.

— Pourquoi pas ? Vous habitez l'île ?

— Oui. J'y suis même née, précisa Catherine.

Le bois de sa chaise craqua tandis qu'elle croisait les jambes.

— Vous êtes déjà venu à Bar Harbor ? demanda-t-elle.

— J'ai passé plusieurs week-ends ici avec ma mère quand j'étais enfant. Peut-être pourriez-vous m'indiquer quelques bons restaurants ou les principales curiosités. Je vais sans doute disposer d'un peu de temps libre.

Sans hésiter, Catherine déchira une feuille de son bloc.

— Je vous conseille surtout le parc naturel, expliqua-t-elle en commençant à écrire. Et les restaurants de poissons sont tous délicieux. La saison débute à peine, vous devriez obtenir une table sans difficulté.

Elle lui tendit la feuille de papier, que Trent plia et glissa dans la poche intérieure de sa veste.

— Merci. Si vous êtes libre ce soir, vous pourriez m'aider à découvrir la cuisine locale. Nous discuterions aussi de mon carburateur...

Troublée et flattée, Catherine prit la carte de crédit que son client lui offrait. Elle était sur le point d'accepter son invitation lorsqu'elle lut le nom imprimé en relief sur le morceau de plastique : « Trenton St. James III. »

— Trent, précisa-t-il en souriant.

« J'aurais dû m'en douter ! » songea Catherine avec consternation. C'était signé. La grosse berline, le complet chic, les bonnes manières. Sans parler de ces fichus mocassins. Bien sûr ! Son sixième sens aurait dû l'alerter !

Le cerveau en ébullition, elle passa la carte dans la machine et lui tendit les reçus.

— Signez là.

Trent sortit un stylo en or et s'exécuta tandis que la jeune femme décrochait du tableau les clés de la BMW. Il leva les yeux au moment précis où elle les lançait dans sa direction. Il réussit de justesse à les rattraper — évitant ainsi de les recevoir en pleine figure.

— Un simple non suffisait, remarqua-t-il en jouant avec le trousseau.

— Les hommes de votre genre ne comprennent pas un simple refus ! répliqua Catherine. Si j'avais su qui vous étiez, j'aurais percé votre pot d'échappement.

— Auriez-vous l'obligeance de m'expliquer quel est le problème ?

Elle contourna le bureau et s'avança vers lui, avec un air de défi.

— Je suis Catherine Calhoun. Et je vous défends de mettre vos sales mains sur ma maison.

Eberlué, Trent tenta de réorganiser ses idées. Ainsi, cette tigresse était l'une des quatre sœurs qui possédaient le manoir des Tours — et, à l'évidence, une de celles qui s'opposaient à la vente. Puisqu'il aurait affaire aux quatre pour arriver à ses fins, il pouvait aussi bien commencer maintenant.

— Enchanté, mademoiselle Calhoun.

— Ah oui ? Eh bien, pas moi !

Elle s'empara du reçu et lui tendit l'autre exemplaire.

— Je ne vous retiens pas, monsieur St. James. Filez. Décampez, vous et votre BMW.

— Oh, vous parlez en vers, en alexandrins..., remarqua Trent.

Sans cesser de scruter la jeune femme, il glissa la facture dans son portefeuille.

— Vous n'êtes pas la seule propriétaire des Tours, rappela-t-il.

— Jamais vous ne transformerez ma maison en un de ces hôtels de luxe dans lesquels on ne trouve que d'ennuyeuses jeunes filles de bonne famille et des comtes italiens de pacotille.

Trent faillit éclater de rire.

— Avez-vous déjà séjourné dans un des hôtels St. James ?

— Inutile, je sais à quoi ils ressemblent. Entrée en marbre, ascenseurs de verre, lustres en cristal et fontaines gazouillantes dans tous les coins.

— Vous avez un préjugé contre les fontaines ?

— Je n'en veux pas dans mon salon, voilà tout. Pourquoi n'allez-vous pas dépouiller la veuve ou l'orphelin ailleurs, au lieu de venir nous ennuyer ?

— Malheureusement, je n'ai aucune saisie prévue cette semaine...

Comme la jeune femme repartait à l'attaque, Trent leva la main pour couper court.

— Ecoutez, mademoiselle Calhoun, je suis ici à la requête d'un membre de votre famille. Quels que soient vos sentiments personnels, Les Tours appartiennent aussi à vos trois sœurs. Et je n'ai pas l'intention de partir avant de m'être entretenu avec elles.

— Vous pouvez leur parler jusqu'à ce que vos poumons explosent, mais... Un membre de ma famille ? De qui s'agit-il ? demanda soudain Catherine.

— De Mme Cordelia Calhoun McPike.

Sous le coup de l'émotion, le visage de Catherine s'empourpra. Pourtant, elle ne s'avoua pas vaincue.

— Je ne vous crois pas.

Sans un mot, Trent posa sa serviette entre deux piles de catalogues et extirpa d'un dossier une lettre écrite sur du papier ivoire. Catherine sentit le cœur lui manquer. D'un geste fébrile, elle arracha la feuille des mains de Trent et se mit à la parcourir.

« Cher monsieur St. James, lut-elle, mes nièces ont étudié votre offre concernant Les Tours. La situation étant complexe, nous croyons qu'il serait dans l'intérêt de chacun que vous veniez discuter en personne des termes de votre proposition, au lieu de communiquer par courrier.

« Puisque je les représente, j'aimerais vous inviter au manoir... »

Cathy poussa un grognement avant de poursuivre sa lecture.

« ... quelques jours. Je suis certaine qu'une visite de la propriété vous intéressera. Prévenez-moi, je vous prie, si cet arrangement vous agrée.

« Avec mes plus cordiales salutations, Cordelia Calhoun McPike. »

Comme pour se persuader de sa réalité, Catherine lut la lettre une seconde fois. Elle l'aurait réduite en charpie si Trent ne la lui avait pas arrachée des mains pour la ranger dans son dossier.

— Si je comprends bien, vous n'étiez pas au courant ? demanda-t-il d'un ton innocent.

— Bien sûr que non ! Oh, tante Coco, je vais t'étrangler.

— Mme McPike et tante Coco ne forment qu'une seule et même personne, je présume ?

— La plupart du temps, oui. Certains jours, c'est difficile à dire. Mais cela n'a plus guère d'importance, précisa Catherine d'un ton menaçant. L'une et l'autre n'en ont plus pour longtemps à vivre...

— Si vous n'y voyez pas d'objection, je préférerais éviter les règlements de comptes familiaux.

Catherine enfonça les mains dans les poches de sa combinaison en le fusillant du regard.

— Si vous persistez à vouloir séjourner aux Tours, vous allez être plongé dans le drame jusqu'au cou !

Résigné, Trent hocha la tête.

— J'en accepte l'augure...

2.

Tante Coco coupa les tiges des roses qu'elle avait rapportées de la serre et les disposa dans deux vases en porcelaine de Hongrie — lesquels, par chance, n'avaient pas encore été vendus pour satisfaire l'appétit des créanciers. Tout en arrangeant les bouquets, elle fredonnait un air de jazz, ponctué de « Wapdouwap » enthousiastes. A l'instar de ses nièces, elle était très élancée — elle aimait d'ailleurs à penser que sa silhouette continuait d'attirer nombre de regards masculins.

Elle s'était habillée avec chic, ce matin. Quant aux nouveaux reflets auburn de ses cheveux vaporeux, ils la remplissaient d'orgueil. Pour Coco, la vanité n'était pas un péché ou un défaut de caractère, mais le devoir sacré d'une femme. Entretenu jour et nuit par des crèmes de soin et de beauté, son visage était maquillé avec discrétion. Une rangée de perles fines égayait son tailleur noir, et une paire de chaussures à talons hauts soulignait sa prestance.

Dès qu'elle eut terminé ses compositions florales, elle voltigea de pièce en pièce, soucieuse de vérifier chaque détail. Ses nièces seraient sans doute un peu tourneboulées de découvrir qu'elle avait invité quelqu'un à leur insu. Tant pis ! Elle plaiderait le trou de mémoire. Comme chaque fois que ça l'arrangeait.

Coco était la jeune sœur de Judson Calhoun, lequel avait épousé Deliah Brady et lui avait donné quatre filles. Quinze ans plus tôt, le couple avait été victime d'un accident tragique, à bord de leur avion privé. Coco, dont le mari était mort quelques années auparavant, avait décidé de s'installer aux Tours, avec les quatre orphelines de Judson et Deliah qui étaient désormais sa seule famille. Tout en consacrant sa vie à leur éducation, elle n'en avait pas moins conservé sa personnalité — elle restait une femme excentrique, à l'esprit tortueux et au cœur d'or. Elle adorait ses nièces au point de leur obtenir ce qu'il y avait de mieux, que celles-ci le veuillent ou non.

C'est ainsi qu'elle avait vu dans l'offre de Trenton St. James une opportunité à saisir.

La maison était un véritable gouffre qui engloutissait des sommes colossales en impôts, réparations et autres factures de chauffage. Au train où allaient les choses, la famille ne serait pas en mesure de la conserver encore bien longtemps. A la vérité, Coco se moquait que Trenton

St. James III s'en porte ou non acquéreur. Elle avait une autre idée en tête.

Si son intuition ne la trompait pas, il tomberait fou amoureux d'une de ses ravissantes nièces. Elle ignorait laquelle, cependant. Sa boule de cristal, qu'elle avait consultée sur le sujet, ne lui avait livré aucune réponse.

Peu importait, d'ailleurs. Depuis l'instant où elle avait reçu la première lettre de Trenton St. James III, elle savait que celui-ci lui ravirait une de ses chéries pour lui offrir une vie d'amour, de luxe et de rêve.

Tout en effleurant de la main la lampe Lalique qu'elle aimait tant, elle songea qu'elle avait donné à ses nièces de l'affection, pas le luxe... Si Judson et Deliah avaient vécu, les choses auraient été différentes. Son frère aurait su juguler les difficultés financières qu'il traversait au moment de la catastrophe aérienne. La crise n'aurait été que passagère. Mais le destin en avait décidé autrement, et l'argent était devenu au fil des années un problème de plus en plus épineux. A contrecœur, Coco avait dû ainsi se résoudre à vendre pièce par pièce l'héritage des enfants, ne fût-ce que pour maintenir un toit au-dessus de leurs têtes.

Trenton St. James III allait mettre un terme à cette lente descente vers la ruine en s'éprenant d'une de ses petites chéries.

Ce serait peut-être Suzanna, songea Coco en tapotant les coussins du sofa. Pauvre enfant. Elle avait eu le cœur brisé par le paltoquet qu'elle avait épousé. Au souvenir de ce détestable personnage, Coco sentit une bouffée de colère l'envahir. Et dire qu'il les avait toutes abusées ! Même elle ! Il avait rendu la vie infernale à son adorable Suzanna, avant de divorcer pour épouser cette blonde volcanique — dont le seul mérite était un impressionnant tour de poitrine.

Coco exhala un soupir irrité, avant de poser les yeux sur la grosse fissure du plafond. Elle devrait quand même s'assurer que Trenton serait un bon père pour Alex et Jenny. Car s'il ne l'était pas...

Parmi ses nièces, celle qui lui ressemblait le plus était Lila. Sa Lila avait besoin d'un homme qui saurait apprécier son caractère expansif et sa fantaisie. Quelqu'un de protecteur et de solide. Mais sans excès. Car Coco ne tolérerait pas qu'on étouffe le penchant mystique de sa délicieuse Lila.

Ce serait peut-être Amanda qui ferait la conquête de Trenton St. James III. Amanda était une femme d'action, positive, entreprenante et accrocheuse. Ils formeraient un beau couple ! A eux deux ils collectionneraient les succès dans le monde des affaires. Mais il faudrait lui prodiguer beaucoup de tendresse. Même si elle refusait de se l'avouer, Mandy avait autant besoin d'affection que de respect.

Avec un sourire heureux, Coco quitta le boudoir et traversa le salon, puis la bibliothèque, puis le bureau.

Il restait enfin Catherine. En secouant la tête, Coco rectifia la position d'un cadre qui cachait — presque — des traces d'humidité sur le papier peint. Cette enfant avait hérité de l'obstination des Calhoun. Comment imaginer en effet qu'une jeune femme pouvait gâcher sa vie et sa beauté à tripoter des moteurs ? Cela frôlait l'hérésie !

Un homme comme Trenton St. James ne saurait être séduit par quelqu'un qui passait ses journées sous une voiture. D'ailleurs, à vingt-trois ans, Catherine était la benjamine des quatre sœurs, et Coco estimait qu'elle avait le temps de lui trouver le mari idéal.

Tout était prêt, jugea-t-elle en parcourant une dernière fois les différentes pièces de réception. Il ne restait plus qu'à attendre le lever de rideau, avec l'entrée en scène du héros.

La porte d'entrée claqua.

— Tante Coco !

Coco sursauta et posa une main sur son cœur. Le ton outragé de Catherine ne présageait rien de bon. A l'évidence, quelque chose l'avait irritée...

— J'arrive, ma chérie. Je ne t'attendais pas si tôt à la maison. C'est une agréable...

Elle s'interrompit en apercevant sa nièce, vêtue d'un pantalon et d'une chemise de jean, le visage barbouillé de cambouis. Derrière elle, se tenait un homme... qu'elle identifia comme son futur neveu par alliance.

— ... surprise !

En terminant sa phrase, elle retrouva son aplomb.

— Oh, monsieur St. James ! lança-t-elle en s'avançant. Je suis Cordelia McPike.

— Mes hommages, madame.

— Quel bonheur de vous rencontrer enfin ! Vous avez fait bon voyage ?

— Bon, je ne sais pas, mais intéressant...

Coco serra la main de son visiteur, séduite par son regard ferme et sa belle voix grave.

— Entrez, je vous prie. Je vais préparer du thé.

— Tante Coco ! coupa Catherine.

— Oui, chérie ? Tu veux autre chose que du thé ?

— Je veux une explication, oui. Et tout de suite !

Le cœur de Coco battait à coups précipités. Pourtant, c'est avec la plus parfaite innocence qu'elle demanda :

— Une explication. A quel propos ?

— J'exige de savoir ce qu'il fait ici.

— Catherine, voyons ! Décidément, ton manque d'éducation demeurera un de mes rares échecs. Venez, monsieur St. James — ou puis-je vous appeler Trenton ? Nous allons nous installer dans le boudoir.

Elle lui montra le chemin.

— C'est un temps magnifique pour conduire, n'est-ce pas ?

— Stop !

En quelques enjambées, Catherine vint se placer devant sa tante pour lui bloquer le passage.

— Tu ne comptes tout de même pas l'emmener dans le boudoir et lui servir du thé ? D'abord, explique-moi pourquoi tu l'as invité ici.

— Catherine, murmura Coco en même temps qu'elle laissait échapper un soupir. Les affaires se concluent plus facilement lorsqu'on traite de vive voix et dans une atmosphère détendue. N'êtes-vous pas d'accord avec moi, Trenton ?

Trent sourit malgré lui.

— Bien sûr.

— Dont acte !

— Stop ! s'exclama de nouveau Catherine en écartant les bras. Nous ne sommes pas d'accord pour vendre.

— Bien sûr que non, acquiesça Coco d'un ton conciliant. C'est d'ailleurs pourquoi Trenton est ici. Pour que nous puissions examiner ensemble toutes les possibilités. Maintenant, tu devrais vraiment monter dans ta chambre et te débarbouiller. Tu as des traces noires sur la figure.

Du revers de la main, Catherine se frotta la joue.

— Pourquoi ne m'a-t-on pas prévenue de son arrivée ?

Le regard de Coco se perdit dans le vague.

— Prévenue ? Je t'ai prévenue, voyons. Comment pourrais-je lancer une quelconque invitation sans vous en faire part...

— Tu ne m'en as pas parlé, insista Catherine.

— J'ai oublié ? Tu en es certaine ?

Coco retroussa les lèvres. Pour en avoir étudié l'effet dans un miroir, elle savait qu'avec cette moue elle donnait une impression de candeur et d'innocence.

— J'aurais juré que je t'avais mise au courant, toi et tes sœurs, à la minute même où j'ai reçu la réponse de M. St. James, ajouta-t-elle.

— Non.

— Eh bien, c'est une négligence stupide dont je suis vraiment désolée, ma chérie. Je suis fautive et je te demande pardon. Après tout, c'est ta maison et celle de tes sœurs. Je n'ai pas voulu abuser de votre hospitalité...

Vaguement exaspérée, Catherine laissa échapper un soupir.

— C'est aussi ta maison, tu le sais bien. Tu n'as pas besoin de demander la permission pour inviter quelqu'un. On aurait juste préféré...

— Non, non, je suis inexcusable ! Je ne sais pas quoi dire. Dieu ! que je me sens coupable ! Je voulais seulement aider, tu vois, mais...

— Arrête de t'en faire pour cela, déclara Catherine en prenant la main de sa tante. Ce n'est qu'un malentendu de rien du tout. Ecoute, pourquoi n'irais-tu pas t'installer avec ton... invité dans le boudoir, maintenant. Je vais préparer le thé.

— Oh, tu es adorable, mon poussin !

La jeune femme marmonna quelque chose d'inintelligible et disparut dans un couloir.

— Félicitations ! murmura Trent en gratifiant Coco d'un regard amusé. J'ai rarement assisté à une contre-attaque aussi réussie.

Coco glissa son bras sous le sien.

— Merci, mon cher. A présent, allons discuter de choses sérieuses.

— Mon grand-père, commença Coco en désignant le portrait d'un homme austère, suspendu au-dessus de la cheminée, a fait bâtir cette demeure en 1904.

Trent, qui était installé dans un sofa, leva les yeux sur le regard sévère et les sourcils broussailleux de Fergus Calhoun.

— Impressionnant...

— Tout à fait ! reconnut Coco avec un rire léger. Et pas facile à vivre, d'après ce qu'on m'a dit. Je me souviens uniquement de lui comme d'un vieillard maniaque qui se querellait avec des ombres. La famille a dû se résoudre à l'éloigner de la maison en 1945 après qu'il eut essayé de tirer sur le majordome — sous prétexte que celui-ci avait servi un mauvais porto. Il était fou à lier. Mon grand-père... pas le majordome.

— J'entends bien.

— Il a passé les douze dernières années de son existence dans une maison de santé. Les Calhoun vivent très vieux ou meurent jeunes dans des circonstances tragiques. C'est ainsi

Coco croisa ses jambes galbées.

— J'ai connu votre père.

— Mon père ?

— Oui. En fait, il m'est arrivé de le croiser au hasard des réceptions, alors que j'étais plus jeune. Je me rappelle avoir dansé avec lui à Newport pour un réveillon de fin d'année. Il était extraordinairement beau et séduisant. J'étais sous le charme...

En lectrice assidue des chroniques mondaines, Coco n'ignorait aucun détail du divorce houleux de Trenton St. James II.

— Je crois que son dernier mariage n'a pas marché, remarqua-t-elle avec prudence.

— Non.

L'embarras de Trent n'échappa nullement à Coco. « Un sujet épineux », songea-t-elle, avant de relancer la conversation.

— Comment avez-vous rencontré Catherine ?

— Ma voiture est tombée en panne. Je n'ai pas immédiatement fait la liaison entre « C.C. Automécano » et Catherine Calhoun.

— Difficile de vous en blâmer ! J'espère qu'elle n'a pas été trop... explosive ?

— Je suis encore en vie pour vous parler... De toute évidence, votre nièce n'est pas décidée à vendre.

— Exact !

Catherine venait de revenir dans le boudoir, poussant une table roulante qu'elle plaça entre les deux fauteuils.

— Et il faudra plus qu'un entrepreneur venu de Boston pour me faire revenir sur ma position ! ajouta-t-elle.

— Catherine, ne sois pas grossière.

— Ce n'est pas grave, intervint Trent en se laissant aller dans son fauteuil. Je commence déjà à avoir une certaine habitude. Est-ce que toutes vos nièces sont aussi... agressives, madame McPike ?

— En tout cas, elles sont ravissantes.

Coco souleva le couvercle de la théière, puis lança un coup d'œil d'avertissement à sa nièce.

— Tu n'as pas de travail, ma chérie ?

— Ça peut attendre.

— Mais tu n'as apporté que deux tasses.

— Je n'ai pas soif.

La jeune femme s'assit sur le bord du sofa et se tourna vers leur invité.

— Lait ou citron ?

— Citron, s'il vous plaît.

Après s'être chargée du service, Catherine observa Coco et Trent qui savouraient leur thé en échangeant des mondanités.

« Des propos insipides ! » jugea-t-elle avec acrimonie. A l'évidence, on avait enseigné depuis le berceau à l'héritier des St. James à briller dans un salon en discutant de futilités.

Qu'il ait de bonnes manières ne changerait rien à l'affaire : elle ne le laisserait pas troubler leur existence. Il ne recouvrirait pas leurs chers murs fissurés d'enduit et de peinture fraîche — même s'ils étaient fissurés, il ne transformerait pas le romantique salon où avait valsé leur arrière-grand-mère en restaurant gastronomique, pas plus qu'il ne ferait de leurs belles caves voûtées une discothèque.

Non, il ne toucherait pas à leur royaume !

La situation n'était pas banale, songea Trent. Il bavardait avec Coco, tandis que la belle amazone — ainsi qu'il venait de la baptiser en secret — lui jetait des regards meurtriers. En temps ordinaire, il se serait excusé avec courtoisie, aurait repris la route de Boston, pour ensuite transmettre le dossier à un de ses assistants... Seulement voilà. Cela faisait des mois qu'il n'avait pas relevé de véritable défi et celui-ci était juste ce qu'il lui fallait pour le remettre en selle.

La demeure, par elle-même, était une curiosité. De l'extérieur, on avait affaire au mariage extravagant d'un manoir anglais et du château du comte Dracula. L'édifice aurait dû être hideux — avec sa profusion de porches, de terrasses et d'escaliers, avec son donjon, ses tourelles de pierre grise et ses gargouilles sculptées... Pourtant, il n'en était rien. Il se dégageait de l'ensemble un charme aussi déconcertant qu'indéniable.

Sous les rayons du soleil, les vitres colorées des fenêtres étincelaient comme des kaléidoscopes. Des massifs de fleurs printanières égayaient le jardin, et des guirlandes de lierre partaient à l'assaut des murs de granite. Avec un décor pareil, il n'était pas difficile d'imaginer des femmes en robes d'organdi flânant dans les allées, leur ombrelle sur l'épaule.

La vue, enfin, était grandiose. Quand il était descendu de voiture, Trent avait eu le coup de foudre. Il comprenait pourquoi son père désirait investir des centaines de milliers de dollars en travaux de rénovation.

— Encore un peu de thé, Trenton ? demanda Coco.

— Non, merci. En revanche, j'aimerais beaucoup visiter la maison.

Catherine émit un grognement que Coco fit mine de ne pas remarquer.

— Bien sûr. Je vous servirai de guide avec grand plaisir.

Elle se leva et se tourna vers sa nièce.

— N'as-tu pas du travail, ma chérie ?

— Non.

A son tour, la jeune femme se leva.

— Je vais moi-même faire découvrir Les Tours à M. St. James, annonça-t-elle avec une soudaine affabilité.

Elle avança vers la porte et, d'un grand geste de la main, invita Trent à la suivre. Après avoir traversé le hall, elle s'engagea dans un escalier en colimaçon, dont elle gravit les marches d'un pas énergique, sans un regard en arrière. Secrètement, elle se réjouissait à l'idée que son compagnon aurait le souffle coupé avant de parvenir au sommet.

Elle fut déçue.

Arrivée en haut de la tour, elle posa la main sur la poignée d'une porte de chêne, qu'elle ouvrit au prix d'un vigoureux coup d'épaule.

— Le donjon hanté, annonça-t-elle d'un ton théâtral.

44

A part des nuages de poussière et quelques pièges à souris, la pièce circulaire était vide.

— Hanté ? répéta Trent avec curiosité.

— C'était le refuge de mon arrière-grand-mère, expliqua Catherine en s'approchant d'une fenêtre ovale. Elle s'asseyait ici et contemplait la mer, rêvant à son bien-aimé.

Trent se pencha. La vue sur les falaises en contrebas était vertigineuse.

— Quel paysage ! Il a quelque chose de dramatique.

— Dramatique, oui. Mon arrière-grand-mère n'a pas pu supporter son chagrin et s'est précipitée dans le vide, par cette fenêtre.

Catherine esquissa un sourire plein de défi.

— Certaines nuits, on peut l'entendre marteler le sol et pleurer son amour perdu.

— Il faudra faire figurer cela dans la brochure.

— Je ne savais pas que les fantômes attiraient les clients ! remarqua Catherine d'un ton sec.

— Au contraire. On continue ?

Les lèvres serrées de colère, Catherine sortit de la pièce. Alors qu'elle venait de saisir la poignée, deux mains, larges et chaudes, se fermèrent sur les siennes. Elle sursauta comme si elle avait reçu une décharge électrique.

— Je... je peux très bien y arriver seule, murmura-t-elle.

Elle sentit le corps de Trenton frôler le sien comme il l'entourait de ses bras.

— Il faut unir nos forces, lui glissa-t-il à l'oreille.

Sur ces mots, il tira vigoureusement. La lourde porte se ferma sur ses gonds, et Catherine se retrouva prisonnière des bras de Trent. Ils demeurèrent ainsi un moment, immobiles, pareils à deux amants admirant le soleil couchant. Tandis qu'il humait le parfum de ses cheveux, il lui vint à l'esprit que Catherine était belle, très attirante et que...

D'un mouvement vif, elle s'échappa de son étreinte et s'adossa au mur, haletante.

— Si vous... tenez à voir le reste, déclara-t-elle d'une voix à peine audible, mieux vaut redescendre.

Galamment, Trent s'engagea le premier dans l'escalier en colimaçon. Catherine, qui tremblait toujours comme une feuille, le suivit. A présent, songea-t-elle, elle avait une deuxième raison de se débarrasser de Trenton St. James, troisième du nom !

A l'étage supérieur de la demeure, elle lui fit visiter l'aile qui abritait les chambres des domestiques, mettant un point d'honneur à montrer chaque fissure ou chaque trace d'humidité. L'air était piquant, humide et empestait le moisi. Non sans une certaine joie, Catherine vit l'élégant complet de Trent se couvrir de poussière et ses mocassins perdre leur insolent vernis.

— Avez-vous fait l'inventaire de ce qui se trouve ici ? demanda-t-il alors qu'ils venaient d'entrer dans une chambre remplie de vieux meubles et de vaisselle cassée.

— Oh, nous le ferons un jour...

D'un regard distrait, Catherine suivit une grosse araignée qui courait sur le parquet.

— La plupart de ces pièces n'ont pas été aérées depuis que mon arrière-grand-père a perdu la raison. Nous occupons le rez-de-chaussée et le premier étage et nous avons relégué les vieilleries au second.

Du doigt, elle désigna une profonde entaille dans le mur.

— Nous préférons ne pas voir ce genre de chose — pour ne pas nous alarmer. Après tout, le toit ne nous est pas encore tombé sur la tête. Enfin, pas encore.

Alors qu'elle s'apprêtait à l'entraîner dans une autre pièce, tout aussi délabrée, où elle avait remplacé les carreaux cassés par du plastique, Trent avisa une haute porte voûtée.

— Où cela conduit-il ? demanda-t-il en s'en approchant.

— Nulle part.

Exaspérée, Catherine le vit poser la main sur la poignée et ouvrir. Une bouffée d'air frais les enveloppa. Trent traversa une petite terrasse et se dirigea vers un escalier taillé dans le granite.

— Je ne sais pas si c'est très sûr, l'avertit Catherine.

Il lui lança un coup d'œil par-dessus son épaule.

— Beaucoup plus sûr que le plancher à l'intérieur.

Réprimant un juron, la jeune femme gravit les marches à sa suite.

— Fabuleux ! s'exclama-t-il lorsqu'il fut parvenu sur une large terrasse aménagée entre les tourelles. Extraordinaire !

Oui, l'endroit était fabuleux, extraordinaire. Et c'était précisément pour cela que Catherine ne voulait pas le lui montrer. Elle demeura en retrait tandis qu'il se penchait par-dessus la balustrade de pierre.

En contrebas, Trent admira les eaux bleues de la baie, ponctuées ici et là par des voiliers qui glissaient à la surface des flots. Tournant la tête, il découvrit la vallée, noyée dans la brume.

— Incroyable...

A l'autre extrémité de la terrasse, il se trouva face à l'immensité de l'Atlantique — avec le parfum des embruns, le cri des goélands, le vent du large et les vagues qui, inlassablement, venaient se jeter contre les rochers.

— Splendide ! murmura-t-il encore, avant de se tourner vers Catherine. Mon enthousiasme doit vous paraître ridicule, vous pour qui c'est si familier.

— Non. On ne se lasse pas de ce spectacle.

— Vous me rassurez. Mais je suis tout de même étonné que vous n'y soyez pas toute la journée.

Le visage de Catherine, qui s'était penchée par-dessus la rambarde, s'adoucit.

— Voilà les enfants qui rentrent.

Trent se pencha lui aussi et vit deux petites silhouettes qui remontaient une allée en courant.

— Alex et Jenny, expliqua-t-elle. Ce sont les enfants de ma sœur Suzanna. Ils habitent ici...

— Catherine ? appela alors une voix féminine.

La jeune femme qui venait de franchir une des portes d'accès à la terrasse était aussi svelte que Catherine. Trent fut d'abord sensible à l'impression de fragilité qui se dégageait d'elle. Ses cheveux blond pâle tombaient en cascade sur ses épaules et ses yeux, aussi bleus qu'un ciel d'été, semblaient sereins, malgré une ombre de tristesse.

Trent comprit aussitôt qu'il était en présence d'une des sœurs Calhoun.

— Tante Coco m'a demandé de monter, expliqua la nouvelle venue.

Elle posa une main apaisante sur le bras de Catherine, qui s'était approchée d'elle, comme pour la protéger.

— Vous devez être monsieur St. James ?

— Oui, répondit Trent.

Quand il serra la main qu'elle lui tendait, Trent fut étonné par sa poigne énergique.

— Je suis Suzanna Calhoun Dumont. J'ai cru comprendre que vous alliez rester quelques jours parmi nous ?

— Oui, votre tante a été assez aimable pour m'inviter.

— Assez perspicace, corrigea Suzanna avec un sourire. Je parie que Catherine vous a montré seulement une partie de la maison... Je serais heureuse de continuer la visite avec vous.

D'une manière éloquente, elle pressa légèrement le bras de sa sœur.

— Tante Coco a besoin d'aide.

— Il verra le reste plus tard ! objecta Catherine. Tu as l'air fatiguée.

— Pas du tout. Mais je le serai si je dois chercher pour tante Coco le grand plat en porcelaine de Wedgwood à travers toute la maison.

— Entendu, soupira Catherine, avant de lancer un coup d'œil furieux à Trent. Nous n'en avons pas terminé, tous les deux.

Il hocha la tête.

— Il s'en faut même de beaucoup.

Avec un petit sourire, il la suivit des yeux tandis qu'elle quittait la terrasse, claquant la porte derrière elle.

3.

— A quoi ressemble-t-il ?

Affalée sur le canapé, les jambes croisées, Lila accompagna sa question d'un grand geste de la main. La demi-douzaine de bracelets qui ornaient son bras s'entrechoquèrent avec fracas.

— Ne plisse pas le front ! ajouta-t-elle aussitôt à l'intention de Catherine. Je t'ai déjà dit que ça te donne des rides.

— Si tu tiens autant à la beauté de ma peau, ne me parle pas de lui, veux-tu ?

— Entendu, je vais interroger Suzanna.

Les yeux verts de Lila se fixèrent sur sa sœur aînée.

— Alors ?

— Séduisant, bien élevé et intelligent.

— On pourrait en dire autant d'un épagneul breton, remarqua Lila d'un air navré. Combien de temps allons-nous le garder ?

Suzanna lança un regard amusé à ses deux sœurs.

— Tante Coco est évasive sur la question.

— Amanda essaie de la sonder à ce sujet, déclara Lila en agitant ses pieds nus. Dis-moi, Suze, est-ce que les enfants sont venus ici, aujourd'hui ?

— Seulement dix ou quinze minutes. Pourquoi ?

— J'ai l'impression que je suis couchée sur une voiture de pompiers.

Catherine se leva pour masquer sa fébrilité, et disposa des bûches dans la cheminée.

— Nous devrions nous débarrasser de lui. J'aurais dû le pousser par-dessus la balustrade, tout à l'heure.

— Je ne pense pas qu'il soit nécessaire d'en arriver là, assura Suzanna en lui tendant une boîte d'allumettes. Et si je trouve assez regrettable qu'il soit ici alors que nous sommes toujours indécises, je suis d'avis que nous le laissions plaider sa cause.

— Ah, l'éternelle conciliatrice ! lança Lila avec un soupir. Mais maintenant qu'il connaît les lieux, il y a fort à parier que notre homme va trouver quelque excuse pertinente pour repartir à Boston sur les chapeaux de roues.

— Et le plus tôt sera le mieux ! marmonna Catherine, qui contemplait d'un regard absent les flammes dans la cheminée.

— J'ai été congédiée ! claironna Amanda en surgissant dans le salon. Notre chère tante refuse de parler. Pas besoin d'être grand clerc, en tout cas, pour comprendre qu'elle mijote un plan qui va au-delà de la simple transaction immobilière.

S'approchant de la desserte, Suzanna remplit un verre d'eau minérale qu'elle tendit à sa sœur.

— Tante Coco passe sa vie à manigancer des plans, remarqua-t-elle. Elle adore les intrigues.

— Au grand désespoir de son entourage, acquiesça Amanda, perchée sur l'accoudoir d'un fauteuil. Son mutisme m'inquiète. Savez-vous qu'elle a sorti le service en porcelaine de Limoges ?

— Quoi ? s'étonna Lila. Nous ne l'avons pas utilisé depuis le dîner de fiançailles de Suzanna...

Elle se mordit la langue.

— Oh, pardon.

— Ne sois pas idiote ! répliqua sa sœur aînée. Pour revenir à Coco, elle n'a pas eu beaucoup de distractions, ces deux dernières années. Sans doute est-elle excitée par le fait de recevoir un invité de marque.

— Invité de marque ? protesta Catherine. Tu parles ! Ce n'est rien d'autre qu'un enquiqui...

— Monsieur St. James !

Suzanna s'était levée à la hâte pour couper court aux impertinences de sa sœur et accueillir Trent, lequel venait d'entrer dans le salon, un petit sourire aux lèvres.

— Appelez-moi Trent, je vous en prie.

Alors qu'il se tenait sur le pas de la porte, il avait admiré en silence le tableau étonnant qui lui était proposé. Les quatre sœurs Calhoun étaient un spectacle qu'un homme ne pouvait manquer d'apprécier. Grandes et gracieuses, elles transformaient la pièce par leur beauté.

Suzanna, les yeux emplis d'une indéfinissable mélancolie, était appuyée contre la fenêtre, dans le halo des derniers rayons du soleil d'avril.

Une autre sœur Calhoun était allongée sur le sofa, indolente, sa longue jupe à fleurs étendue en corolle et elle l'observait, les paupières mi-closes, en repoussant une masse de cheveux cuivrés qui cascadaient jusqu'à sa taille.

Sanglée dans un tailleur gris, la troisième était juchée sur l'accoudoir d'un fauteuil. On eût dit un boxeur attendant le coup de gong pour reprendre le combat. D'une beauté lisse et impeccable, elle semblait décidée, jugea Trent au premier regard. Ses yeux n'étaient ni rêveurs ni tristes, mais vifs et calculateurs.

Catherine, enfin, était accroupie devant l'âtre, en train de tisonner le feu. En l'apercevant, elle s'était relevée et se tenait sur la défensive. Elle n'avait rien d'une Cendrillon qui attend à l'écart que le prince charmant vienne lui chausser la pantoufle de vair...

— Madame, mesdemoiselles...

Ses yeux étaient toujours fixés sur Catherine, et il ne put s'empêcher d'esquisser un petit signe de tête dans sa direction.

— Catherine...

— Je vais faire les présentations, intervint Suzanna. Trenton St. James, mes sœurs, Amanda et Lila. Désirez-vous boire...

Le reste de la phrase fut étouffé par un invraisemblable vacarme. Deux minuscules tornades firent irruption dans la pièce. Par malchance, Trenton se trouvait sur leur chemin et il fut projeté sur le canapé où paressait Lila. Celle-ci se mit à rire.

— Ravie de vous rencontrer.

— Je suis désolé.

— Ça va ? demanda Suzanna avec un sourire confus, après avoir immobilisé ses enfants.

Trent reprit son équilibre.

— Heu... oui.

— Voici mes deux monstres, Charybde et Scylla. Si l'on évite l'un, on n'échappe pas à l'autre. Excusez-vous, petits chenapans !

— Pardonnez-nous, monsieur ! lancèrent les deux enfants en chœur.

Alex, qui était un peu plus grand que sa sœur, secoua sa crinière noire.

— On vous avait pas vu.

— C'est vrai ! acquiesça Jenny avec un sourire victorieux.

Suzanna décida de différer son sermon et les poussa avec autorité vers la porte.

— Allez demander à tante Coco si le dîner est prêt. Dépêchez-vous !

Quelques secondes plus tard, on entendit l'écho d'un bruit sourd.

— Mon Dieu, gémit Amanda en reposant son verre, elle a ressorti le gong.

— Ce qui signifie que le dîner est servi.

Affamée, Lila se leva et passa son bras sous celui de Trent.

— Je vous montre le chemin. Dites-moi, que pensez-vous de l'astrologie ?

— Euh...

Il jeta un regard par-dessus son épaule et vit que Catherine souriait avec ironie.

Tante Coco s'était surpassée. La porcelaine rutilait. L'argenterie gravée aux initiales de Bianca et de Fergus Calhoun étincelait. Quant au gigot d'agneau qui constituait le morceau de bravoure du dîner, il était savoureux.

En parfaite maîtresse de maison, Coco se chargea d'entretenir la conversation, savourant son triomphe avec modestie.

— Aux Tours, nous conservons certaines traditions. C'est tellement agréable. J'espère que votre chambre vous plaît ?

— Elle est parfaite, merci.

En fait, elle était immense — une vraie chambre de caserne — et d'impressionnantes fissures ornaient le plafond. Mais le lit était vaste et doux comme un nuage. Quant à la vue...

— J'ai admiré les îles de ma fenêtre.

— Les îles du Porc-Epic, précisa Lila en tendant à Trent un panier d'argent rempli de petits pains.

Coco les observait de son œil d'aigle, espérant voir jaillir une étincelle. Lila flirtait avec son voisin, certes, mais le fait n'augurait pas une idylle. Lila avait l'habitude de se comporter ainsi avec les hommes, et il était fort possible qu'elle ne s'intéresse pas plus à lui qu'au vendeur de légumes du marché.

Non, décidément, il ne passait rien entre eux. « Une de moins », songea Coco. Heureusement, il restait les trois autres.

— Savez-vous, cher Trenton, qu'Amanda travaille dans l'hôtellerie ? Nous sommes toutes très fières d'elle. C'est une vraie femme d'affaires.

— Je suis sous-directrice du Bay Hotel, expliqua l'intéressée.

Le sourire d'Amanda, à la fois amical et vaguement distant, était le même qu'elle réservait aux clients qui se montraient pointilleux au moment de régler leur note.

— Il n'est pas du même standing que les vôtres, mais il marche très bien en saison. J'ai entendu dire que vous alliez construire en sous-sol une galerie de boutiques au St. James d'Atlanta.

Coco se concentra sur le contenu de son assiette tandis qu'ils discutaient de stratégie hôtelière. Il n'y avait pas d'étincelle, là non plus, pas même une lueur. Lorsque Trent passa la saucière à Amanda et que leurs mains se frôlèrent, il n'y eut ni regards croisés ni silence suspect. Amanda s'était même déjà tournée vers la petite Jenny pour plaisanter avec elle.

Au même moment, avec un regain d'espoir, Coco surprit le sourire complice que Trent échangeait avec Alex, qui boudait ses choux de Bruxelles. Il avait donc une faiblesse pour les enfants.

— Ne les mange pas, dit Suzanna tandis que son fils piquait avec méfiance dans ses pommes de terre sautées pour s'assurer que rien de vert n'était caché à l'intérieur. J'ai toujours trouvé que les choux de Bruxelles ressemblaient à des têtes réduites.

— Oh !

Comme le pressentait sa mère, la comparaison ravit Alex. Il croqua un chou à belles dents et sourit.

— Moi être cannibale. Ounga wa !

— Quel merveilleux enfant, s'attendrit Coco. Suzanna est la meilleure des mères. Elle a autant de doigté avec les enfants qu'avec les fleurs. Le jardin est son œuvre...

— Moi affamé ! claironna Alex. Moi vouloir autres têtes ! Unga wa !

Catherine prit le plat de légumes et servit son neveu.

— Voilà toute une armée de missionnaires.

— Moi aussi, j'en veux ! protesta Jenny en se tournant vers Trent.

Coco posa la main sur son cœur. Qui aurait pu deviner ? Sa Catherine ! Son bébé ! Alors que la conversation avait repris, elle se laissa aller contre le dossier de sa chaise, en pâmoison. Elle ne pouvait pas se tromper. Lorsque Catherine avait passé le plat à Trent et que leurs yeux s'étaient croisés, il n'y avait pas eu qu'une étincelle. Plutôt une décharge électrique. Plusieurs milliers de volts !

Si le regard de Catherine était vindicatif, il contenait aussi une indéniable passion. Quant à Trent, il la contemplait avec un sourire affecté, derrière lequel on sentait une réelle intimité...

A les observer s'affronter en silence, tandis que Lila et Amanda dissertaient sur les extraterrestres, Coco pouvait presque entendre les mots d'amour qu'ils échangeaient.

« Requin, sinistre individu ! »

« Petite peste mal élevée ! »

« Il siège à cette table comme s'il était déjà propriétaire ! »

« Quel dommage qu'avec son physique, elle soit affligée
d'un caractère pareil ! »

Coco les enveloppa d'un regard attendri. Déjà, il lui
semblait entendre les premières notes de la Marche
Nuptiale.

A l'instar d'un général préparant une embuscade, elle
attendit la fin du repas pour lancer l'offensive.

— Catherine, pourquoi n'irais-tu pas montrer le jardin
à Trent ?

— Pardon ?

— Le jardin, répéta Coco. Il n'y a rien de plus agréable
qu'un peu d'air frais après un repas. Et les fleurs sont
exquises au clair de lune.

— Que Suzanna l'accompagne, proposa Catherine,
sur la défensive.

— Désolée...

La jeune mère avait déjà pris dans ses bras Jenny, dont
les paupières s'alourdissaient.

— Je dois doucher mes deux chérubins et les mettre
au lit.

— Je ne vois pas pourquoi...

Devant l'expression belliqueuse de sa tante, Catherine s'interrompit et soupira.

— Entendu... Suivez-moi, dit-elle en se tournant vers Trent.

— C'était un merveilleux festin, assura celui-ci.

— Je ne sais si je mérite un tel compliment, minauda Coco qui imaginait déjà les mots chuchotés et les baisers volés. Faites une bonne promenade.

Trent sortit sur la terrasse et retrouva Catherine qui tapait du pied avec impatience. Il serait temps, songea-t-il avec irritation, que quelqu'un enseigne à ces beaux yeux verts les bonnes manières.

— J'ignore tout de la botanique, décréta d'emblée la jeune femme.

— Et de la courtoisie.

— Ecoutez, espèce de...

— Non, c'est vous qui allez m'écouter, ma jolie...

Trent saisit Catherine par le bras.

— Marchons. Les enfants risqueraient de nous entendre... et je ne crois pas que ce serait bon pour des oreilles innocentes.

Sans plus attendre, il lui prit le bras et l'entraîna dans l'allée avec une force qu'elle ne soupçonnait pas, indifférent aux protestations qu'elle marmonnait entre ses dents. Ils contournèrent la maison par un sentier sinueux, bordé de jonquilles et de jacinthes.

Il s'arrêta devant un rideau de glycine. La fureur que Catherine sentait bouillonner en elle faisait écho aux grondements des vagues en contrebas.

— Ne recommencez jamais ça ! s'exclama-t-elle en se frottant le bras. Vous vous arrogez peut-être le droit, à Boston, de maltraiter les gens, mais ici, vous n'êtes pas le roi.

Sous les grappes de fleurs mauves et odorantes, Trent fit de son mieux pour conserver un semblant de calme.

— Si vous étiez au courant de mes activités, vous sauriez qu'il n'est pas dans mes habitudes de bousculer quelqu'un.

— Parlons-en de vos habitudes ! Je connais votre manière de faire...

— Dépouiller la veuve et l'orphelin, c'est ça ? Quand cesserez-vous ces enfantillages, Catherine ?

— Visitez le jardin tout seul. Je rentre.

Il lui bloqua le passage. Au clair de lune, ses prunelles luisaient comme celles d'un chat. Lorsque Catherine avança les mains pour l'écarter de son chemin, il lui attrapa les poignets. Au cours de la lutte brève et acharnée qui s'ensuivit, Trent nota incidemment que la peau de la jeune femme était aussi douce qu'un pétale de rose.

— Je n'en ai pas terminé avec vous ! déclara-t-il d'un ton ferme. Vous devez apprendre qu'il existe un prix à la grossièreté et à l'insulte systématique.

— Oh, monsieur désire des excuses ? D'accord. Je suis navrée de n'avoir rien à vous dire qui ne soit ni grossier ni insultant.

A la grande stupéfaction de Catherine, Trent eut alors un grand sourire.

— Catherine Calhoun, vous êtes un cas insoluble. Et je me demande pourquoi je tente d'être raisonnable avec vous.

— Vous trouvez raisonnable de me broyer le bras et de me traîner comme un sac de pommes de terre. Nous ne sommes plus à l'âge des cavernes...

— Si vous estimez que je vous malmène, c'est que vous avez été élevée dans du coton.

Le teint pâle de la jeune femme vira au rouge pivoine.

— Ma vie ne vous concerne pas.

— C'est une chance dont je remercie le ciel à chaque seconde, croyez-moi !

Catherine crispa les poings. Elle détestait cet homme. Mais elle détestait encore plus l'émoi engendré par son étreinte.

— Me lâcherez-vous enfin ?

— Seulement si vous me promettez de ne pas vous enfuir.

Un court instant, Trent s'imagina en train de la poursuivre dans ce jardin de rêve. Cette vision était aussi embarrassante que riche d'attraits.

— Ce n'est pas dans mes habitudes.

— Ma parole, mais elle parle comme une vraie amazone, murmura Trent en la libérant.

Aussitôt, elle lança le bras vers lui. Ses réflexes rapides lui permirent d'esquiver la gifle que Catherine lui destinait.

— Raté. N'avez-vous jamais envisagé que nous pourrions échanger une conversation intelligente ?

— Je n'ai rien à vous dire.

Catherine avait honte de son accès de colère et elle était furieuse d'avoir manqué sa cible. Découragée, elle s'écroula sur un banc de pierre, au pied de la glycine.

— Si vous désirez bavarder, allez donc demander à tante Coco de vous donner la réplique. Ou, mieux encore, retournez à Boston casser les oreilles d'un de vos subalternes.

— Ne soyez pas ridicule !

Trent secoua la tête et s'assit à son tour sur le petit banc.

Autour d'eux, les azalées et les géraniums étaient sur le point de fleurir. Il huma leur senteur subtile et printanière, mêlée à l'odeur des embruns, et écouta le cri d'amour de quelque oiseau nocturne. Jamais, même lors d'un conseil d'administration, il n'avait connu une atmosphère aussi tendue.

— Je me demande où vous vous êtes forgé une si mauvaise opinion de moi, remarqua-t-il, les yeux levés vers le ciel.

« Et pourquoi, ajouta-t-il pour lui-même, j'en suis si affecté. »

— Vous êtes venu ici...

— Parce qu'on m'a invité.

— Pas moi, en tout cas. Vous êtes arrivé avec votre grosse voiture et votre costume à mille dollars, prêt à m'arracher ma maison.

— Je suis venu ici pour visiter une propriété, corrigea Trent. Personne, moi y compris, ne peut vous obliger à vendre.

« S'il savait combien il se trompe », pensa Catherine avec tristesse. Il existait des gens qui étaient en mesure de la contraindre à le faire. Le percepteur des impôts, par exemple, les fournisseurs, le banquier qui détenait l'hypothèque. Toute la rancœur qu'elle éprouvait contre eux, toute la frustration et la peur accumulées depuis des mois se cristallisaient à présent sur l'homme assis à côté d'elle.

— Je connais les gens de votre espèce. Riches et au-dessus du commun des mortels. Votre seul but dans l'existence est de gagner toujours plus d'argent, sans vous embarrasser de scrupules. Quant au reste, votre vie se résume à de grandes réceptions, de somptueuses résidences d'été et des maîtresses baptisées Fawn.

Trent se retint de pouffer et avoua :

— Je n'ai jamais rencontré de femme appelée Fawn.

— Qu'importe ! s'exclama Catherine en se levant et en commençant d'arpenter le sentier. Kiki, Vanessa, Ava, c'est pareil.

— Si vous le dites.

Elle leva les yeux vers lui, et Trent fut obligé d'admettre que sa silhouette dans le clair-obscur était magnifique. Il brûlait de s'approcher d'elle mais, par prudence, il demeura assis. Il avait une affaire à conclure, et Catherine Calhoun représentait à l'évidence un obstacle majeur. Aussi devait-il se montrer diplomate pour parvenir à ses fins.

— Comment connaissez-vous mon milieu ?

— Ma sœur a été mariée à quelqu'un comme vous.

— Baxter Dumont ?

— Il fait partie de votre entourage ? Bien sûr, quelle question stupide ! Vous jouez sans doute au golf ensemble tous les mercredis.

— Non. Nos relations sont réduites à peu de chose. Je le connais, lui et sa famille, et je sais également que votre sœur et lui ont divorcé depuis un an environ.

— Il lui a rendu la vie odieuse, puis il l'a abandonnée, elle et les enfants pour une espèce de poupée Barbie. Et parce que monsieur est un avocat réputé, issu d'une grande famille, Suzanna a été répudiée sans rien d'autre qu'une misérable pension alimentaire qui arrive en retard tous les mois.

— Je suis désolé de ce qui est arrivé à votre sœur, murmura Trent en se levant à son tour.

Le ton de sa voix n'était plus cassant, mais fataliste.

— Le mariage se révèle souvent un contrat des moins plaisants. Mais la conduite de Baxter Dumont ne signifie pas que chaque membre des familles éminentes de Boston se comporte de manière indigne ou immorale.

— Ils se ressemblent tous, de mon point de vue.

— Eh bien, vous devriez en changer. Mais vous ne le ferez pas parce que vous êtes trop butée.

— Non. Juste parce que je suis assez intelligente pour lire dans votre jeu.

— Vous ne savez rien de moi. Vous me détestiez avant même de connaître mon identité.

— Je n'aimais pas vos chaussures.

Trent écarquilla les yeux.

— Pardon ?

— Vous m'avez très bien entendue...

Catherine croisa les bras et se rendit compte que cette passe d'armes commençait à l'amuser.

— Je ne les aime toujours pas, en fait.

— Ça explique tout...

— D'ailleurs, je n'aime pas votre cravate non plus. Pas plus que votre stylo en or.

D'un doigt insolent, elle pointa la poche de sa veste. En représailles, le regard de Trent s'attarda sur le jean de la jeune femme, son T-shirt blanc et ses boots éculés.

— De toute évidence, vous êtes l'arbitre des élégances.

— Vous détonnez ici, monsieur St. James, troisième du nom.

Comme Trent faisait un pas vers elle, Catherine esquissa un sourire de défi.

— Moi je crois que vous vous habillez comme un homme parce que vous ignorez encore comment agir de manière féminine, remarqua-t-il.

— Ce n'est pas parce que je sais me défendre et que je ne rampe pas à vos pieds que j'ignore tout de la féminité !

Il lui saisit les bras et l'attira à lui. Leurs corps se touchèrent. Trent scruta les prunelles de Catherine qui se voilaient de confusion.

— A quoi jouez-vous, monsieur St. James ?

— Je teste vos défenses.

70

Il fixa la moue dédaigneuse de sa bouche. Une bouche entrouverte, aux lèvres pleines et tentantes comme un fruit mûr. Pourquoi ne l'avait-il pas remarquée plus tôt ?

— Comment osez-vous...

Catherine voulait lui ordonner de reculer, mais sa voix la trahit et se mit à trembler.

Les yeux de Trent se rivèrent de nouveau aux siens et soutinrent son regard.

— Vous avez peur ? chuchota-t-il d'une voix sourde.

— Bien sûr que non ! Simplement, je préférerais mille fois être embrassée par un putois.

Catherine fit un pas en arrière. Puis elle se retrouva prisonnière des bras de Trent. Il n'avait pas eu l'intention de l'embrasser jusqu'à ce qu'elle lui jette cette dernière insulte au visage.

— Vous dépassez les bornes, Catherine. Ça va vous attirer des ennuis...

Jamais elle n'aurait imaginé que sa bouche fût si chaude, si dure et si ardente à la fois. Elle s'était attendue à un baiser insipide et insignifiant. Quelle erreur ! A présent, il lui était impossible de détacher sa bouche des lèvres qui écrasaient les siennes. Elle essaya de le repousser mais, inexplicablement, ses bras se nouèrent autour du cou de Trent.

Cette marque d'abandon enflamma celui-ci. Il avait voulu lui faire la leçon — il avait déjà oublié le motif —, et c'est lui qui venait d'apprendre quelque chose. Quelque chose qui le bouleversait. Une femme pouvait être forte et tendre, cinglante et délicieuse. Curieux paradoxe.

Il leva soudain la tête et la secoua, comme pour chasser le brouillard qui embrumait son cerveau.

— Je vous demande pardon... Ma conduite est inexcusable.

Catherine ne répondit pas. Elle était trop émue pour articuler la moindre parole. Elle se contenta d'esquisser un geste d'impuissance qui accentua encore la culpabilité de Trent.

— Catherine, croyez-moi, je n'ai pas l'habitude de...

Il s'éclaircit la gorge. « Mon Dieu », songea-t-il. Elle était si belle et vulnérable qu'il avait envie de recommencer. Sur-le-champ !

— Je suis confus. Cela ne se reproduira plus.

— J'aimerais que vous me laissiez seule.

Jamais de toute sa vie elle n'avait été si impuissante. Incapable du moindre mouvement. Anéantie. Trent avait ouvert la porte de quelque monde secret puis l'avait refermée avec brutalité.

— Entendu, murmura-t-il.

Malgré son ardent désir de lui caresser les cheveux, il rebroussa chemin, en direction de la maison. Lorsqu'il se retourna, Catherine était toujours immobile, baignée par la lueur du clair de lune, le regard perdu dans l'obscurité.

Son nom est Christian. Je suis retournée plusieurs fois me promener le long des falaises en espérant échanger quelques mots avec lui. Je me répétais chaque fois que c'était pour assouvir ma curiosité, ma fascination pour l'art. Que cela n'avait rien à voir avec lui...

Je suis une femme mariée, mère de trois enfants. Et bien que Fergus ne soit pas le mari romantique de mes rêves d'adolescente, c'est un homme responsable. Peut-être n'aurais-je pas dû céder à l'insistance de mes parents qui souhaitaient pour moi un grand mariage. Mais il est vain à présent de revenir sur le passé.

Il est en outre déloyal de comparer Fergus à un homme que je connais à peine. Dans mon journal intime, cependant, je m'octroie ce plaisir. Fergus ne pense qu'à ses affaires tandis que Christian parle de couleurs, de musique et de beauté.

Comme mon cœur aspire à un peu de poésie !

Alors que Fergus, avec sa générosité froide et calculée, m'a offert des émeraudes le jour de la naissance d'Ethan, Christian m'a donné une fois une fleur sauvage que je conserve ici entre deux feuillets. J'aimerais tant la porter dans un médaillon de verre à la place de ces pierres précieuses si conventionnelles.

Nous n'avons jamais échangé de pensées intimes, ni rien qui puisse paraître inconvenant. Mais c'est une façade. Son regard, son sourire, ses intonations sont

73

magnifiquement troublants. Et une femme honnête n'irait pas flâner, le cœur battant, pendant que ses enfants font la sieste...

Aujourd'hui, je me suis assise sur un rocher et je l'ai regardé manier ses pinceaux. Au large, il y avait un bateau dont les voiles étaient gonflées par le vent. Un instant, je me suis imaginé que nous étions ensemble près du gouvernail. Puis, je lui ai demandé son nom.

— Christian Bradford... Et vous êtes Bianca.

Je n'oublierai jamais la façon dont il a prononcé mon prénom. Tout en malaxant, les yeux baissés, une poignée d'herbes sauvages, je lui ai demandé si sa femme l'accompagnait quelquefois.

— Je ne suis pas marié. Et mon art est ma seule maîtresse.

A ces mots, je n'aurais pas dû frémir ni sourire. Lui non plus.

Si le destin en avait décidé autrement, je l'aurais aimé. C'est une certitude.

Comme moi, il a dû deviner la vérité et nous avons commencé à échanger des propos anodins. Et lorsque je me suis levée pour retourner là où le devoir m'appelle, il a cueilli un joli bouton d'or et l'a glissé dans mes cheveux, les yeux rivés aux miens.

Il est tard, et j'écris à la lueur de la lampe. J'entends la voix de Fergus aboyer des instructions à son valet

74

de chambre dans la pièce d'à côté. Il ne viendra pas ce soir dans ma chambre, et j'en suis heureuse. Je lui ai donné trois enfants, deux fils et une fille. A ses yeux, j'ai rempli mes obligations. Aussi n'éprouve-t-il plus le besoin de me rejoindre la nuit. Ma fonction est d'éduquer les enfants comme il le désire et de recevoir ses invités dans mes plus beaux atours.

Ce n'est pas une tâche difficile. Je m'en suis contentée jusqu'au jour où j'ai longé les falaises.

Ce soir, je dormirai seule et je rêverai de l'homme qui n'est pas mon mari.

4.

Catherine, qui contemplait l'aube à travers la fenêtre de la cuisine, se servit une seconde tasse de café.

Elle avait des milliers de choses en tête. Les factures, les commandes de pièces détachées, une vieille antiquité à retaper de fond en comble, un rendez-vous chez le dentiste...

Trenton St. James ne figurait pas sur la liste de ses priorités.

Et ce n'était certainement pas à cause de lui qu'elle n'était pas parvenue à trouver le sommeil. Le baiser de la veille n'était qu'un incident de parcours sur lequel il était inutile de s'attarder. Pourtant, Catherine était bien obligée de reconnaître qu'elle n'avait guère pensé à autre chose au cours des longues heures d'insomnie qu'elle venait de connaître.

Que lui arrivait-il ? Ce n'était tout de même pas son premier baiser ! Bien sûr, il n'avait rien à voir avec celui que lui avait jadis donné Denny Dinsmore, au bal de la Saint-Valentin... En tout cas, songea Catherine en commençant sa troisième tasse de café, il prouvait que Trent avait acquis une redoutable expérience auprès des femmes.

Ce baiser était indigne ! Et incongru au beau milieu d'une querelle homérique. Les hommes comme Trent St. James ignoraient les règles élémentaires d'une conversation loyale, avec traits d'esprit, paradoxes et saine indignation. Ils n'apprenaient qu'à dominer, en y mettant les formes.

Et ce goujat avait réussi. Le charme avait fonctionné. Pendant un bref instant, Catherine avait éprouvé une sensation lumineuse qui allait au-delà de la simple attirance physique. Puis il avait étouffé cette flamme vacillante et l'avait abandonnée à l'obscurité de la nuit.

C'était cette lâcheté qu'elle ne lui pardonnait pas.

— Salut, fillette !

Sanglée dans l'uniforme du service des parcs et de l'environnement, Lila venait de faire son entrée dans la cuisine. Elle avait ramassé ses cheveux en chignon, et une paire de boucles d'oreilles égayait sa coiffure austère.

— Salut ! répéta-t-elle. Tu t'es levée aux aurores, dis donc.

— Moi ?

D'un coup, Catherine oublia ses soucis pour se tourner vers sa sœur.

78

— Et toi ? J'ai du mal à croire à ce que je vois...

— A toi de juger.

— Justement. Lila Calhoun ne saute jamais du lit avant 8 heures, soit vingt minutes, montre en main, avant de partir en courant de la maison pour arriver avec cinq minutes de retard à son travail.

— Que veux-tu, on se lasse de la routine. En fait, mon horoscope m'a suggéré de contempler le lever du soleil, ce matin.

— Et alors ? Comment était le spectacle ?

Nonchalante, Lila se beurra une tartine et mordit dedans avec appétit.

— Fabuleux. Et toi, quelle est ton excuse ?

— Une panne de sommeil.

— Y a-t-il un lien quelconque avec la présence de notre invité ?

— Ce genre d'homme ne me torture pas l'esprit, assura Catherine avec une moue dédaigneuse.

— Les hommes comme lui ont été créés pour torturer les cerveaux féminins. Grâce à Dieu...

Lila s'assit et étendit les jambes pour poser les pieds sur une chaise vide en face d'elle.

— Bon, raconte-moi ton problème, maintenant.

— Je n'ai pas dit qu'il y avait un problème.

— Tu n'as pas besoin de le préciser, c'est écrit sur ta figure.

— Je n'aime pas sa présence ici, voilà tout.

Catherine tenta d'esquiver la curiosité de sa sœur en allant laver sa tasse dans l'évier.

— J'ai l'impression que nous sommes déjà chassées de chez nous, remarqua-t-elle. Certes, nous avions discuté de la vente, mais en des termes si vagues que le projet semblait très lointain. Qu'allons-nous faire ? demanda-t-elle en se tournant brusquement vers sa sœur.

Les yeux de Lila s'assombrirent. Malgré son caractère enjoué et optimiste, elle ne pouvait faire taire son angoisse. La maison et la famille étaient ses deux points faibles.

— Je l'ignore. Il va sans doute falloir vendre le service en cristal ou l'argenterie.

— Pense à tante Coco. Elle en aurait le cœur brisé.

— Je sais. Néanmoins, c'est ça ou quitter Les Tours. Je déteste cette perspective, mais il va falloir étudier la question.

— L'idée d'un hôtel ne te rebute pas ?

— Je n'ai pas d'objection de principe, avoua Lila en haussant les épaules. La maison a été construite par ce vieil excentrique de Fergus dans le but de recevoir un bataillon d'invités, servis par une armée de domestiques courant dans tous les sens, et...

Devant l'expression de sa jeune cadette, elle s'interrompit et laissa échapper un profond soupir.

— J'y suis attachée autant que toi, Catherine.

— Je sais.

Ce que Lila garda pour elle, c'est que la signature de l'acte de vente lui briserait le cœur. Pourtant, pour le bien de la famille, elle était préparée à ce sacrifice.

— Nous allons retenir le séduisant M. St. James quelques jours de plus, puis nous nous réunirons, suggéra Lila avec un sourire en coin. A nous quatre, nous ne pouvons pas nous tromper.

— J'espère que tu as raison.

— Ma chérie, j'ai toujours raison ! C'est ma croix...

Elle but une gorgée de jus d'orange.

— Et si tu me racontais ce qui t'a empêchée de dormir ?

— Je viens de le faire.

— Non. N'oublie pas que j'ai des yeux partout ! s'exclama Lila en agitant son verre en direction de sa sœur. Puisque je finirai par découvrir la vérité, autant avouer tout de suite.

— Tante Coco a voulu que je lui montre le jardin, commença Catherine.

Lila sourit.

— Oui, elle est rusée comme une belette. Elle imaginait déjà quelque aventure romanesque. Le clair de lune, les fleurs, le clapotis des vagues contre les rochers... Son plan a marché ?

81

— Nous nous sommes disputés.

— Bon début, acquiesça Lila. A propos de la maison ?

— De ça, oui...

Distraitement, Catherine se mit à arracher les feuilles mortes du philodendron.

— Et d'autres choses, ajouta-t-elle.

— Par exemple ?

— Le prénom de ses maîtresses. Les grandes familles de Boston. Ses chaussures.

— Ouah ! Très éclectique. J'adore ! Et ensuite ?

Catherine plongea les mains dans ses poches et avoua :

— Il m'a embrassée.

— Oh, oh, ça se corse ! remarqua Lila, qui avait hérité de sa tante un goût immodéré des intrigues amoureuses. Alors, comment c'était ? Il a une bouche sublime... J'ai remarqué ça au premier coup d'œil.

— Si tu tiens à le savoir, embrasse-le !

Après quelques secondes de réflexion, Lila secoua la tête.

— Non. Il est très séduisant, je te l'accorde, mais ce n'est pas mon type. En outre, c'est trop tard. Alors, est-ce qu'il embrasse bien ?

— Moui, avoua Catherine du bout des lèvres.

— Quelle note lui mettrais-tu ? demanda aussitôt Lila.

Malgré elle, Catherine pouffa devant la question de sa sœur.

— Dans le feu de l'action, je n'ai pas songé à ça.

— De mieux en mieux ! Ainsi, il t'a embrassée, et c'était réussi. Et après ?

— Il s'est confondu en excuses.

Ahurie, Lila écarquilla les yeux et se pencha en avant.

— Quoi ?

— Oui, il s'est excusé de sa conduite inqualifiable et a promis que ça n'arriverait plus. Le lâche !

Catherine écrasa quelques feuilles mortes dans le creux de sa paume, avant d'ajouter :

— Quel genre d'homme est-il pour croire qu'une femme veut des excuses après avoir été embrassée à perdre haleine ?

— Eh bien, je vois trois hypothèses, lui confia Lila en haussant les épaules. Soit, c'est un demeuré, soit son excellente éducation lui joue des tours, soit il manque de logique.

— Je penche pour l'idiotie.

— Hmm... Il va falloir que j'examine la question. Je devrais peut-être faire son thème astral.

— Qu'importe la position de Vénus, je vote quand même pour la stupidité.

Catherine se leva et embrassa sa sœur.

— Merci pour ton diagnostic. Le travail m'appelle.

— Il a de très beaux yeux, remarqua Lila alors qu'elle sortait. Surtout lorsqu'il sourit.

Trent ne souriait pas lorsqu'il réussit enfin à s'échapper des Tours, cet après-midi-là. Après le petit déjeuner, l'intarissable Coco lui avait imposé une visite des caves et du cellier, puis elle l'avait retenu deux heures dans le salon, avec les albums de photos.

En fait, il s'était amusé à contempler celles de Catherine, un adorable bébé qui était ensuite devenue une ravissante adolescente. Elle était mignonne à croquer avec ses nattes !

Une sonnette d'alarme avait retenti dans sa tête quand Coco l'avait questionné sans beaucoup de tact sur sa vision du mariage, des enfants et des relations entre hommes et femmes. Peu à peu, Trent s'était rendu compte que derrière sa bienveillance enjouée et son caractère lunatique, se cachaient une volonté de fer et un esprit aiguisé, calculateur.

En réalité, elle n'essayait pas de lui vendre la maison, mais une de ses nièces. De toute évidence, Catherine était sa favorite tandis qu'il était l'enchérisseur le plus intéressant. Le réveil risquait d'être douloureux pour la chère Mme McPike. Les sœurs Calhoun allaient devoir chercher ailleurs un candidat au mariage. Quant aux St. James, ils obtiendraient le manoir. Trent était déterminé à parvenir au but. Sans passer pour autant par les fourches Caudines du mariage.

Il démarra et descendit l'allée escarpée en tentant de ravaler sa fureur. Lorsqu'il prit conscience qu'il grognait à haute voix, il décida d'aller se promener pour se calmer. Le parc national d'Acadia, où Lila travaillait, s'imposa aussitôt à lui. En fait, il irait dénicher chacune des sœurs sur son lieu de travail et s'emploierait à briser leurs défenses. Diviser, pour mieux régner...

A l'inverse de Catherine, Lila semblait très ouverte tandis que Suzanna apparaissait comme une femme raisonnable et qu'Amanda était à l'évidence quelqu'un de sensé...

Malgré ses résolutions, Trent prit la route du village, dépassa le bureau de paysagiste de Suzanna et le Bay Hotel et obliqua vers le garage de Catherine. C'est par elle qu'il commencerait. La jeune femme était son talon d'Achille. Dès qu'il aurait mis les points sur les i, elle cesserait de caresser l'idée de lui passer la corde au cou.

Au moment où il descendait de sa BMW, Hank grimpait dans sa camionnette de dépannage.

— Bonjour ! le salua Trent.

— La patronne est à l'intérieur, lui indiqua Hank en rabattant sa casquette vers l'arrière. Nous venons d'avoir un joli petit accrochage près de l'office de tourisme, ajouta-t-il avec un grand sourire.

— Félicitations.

— Merci. Dès que la saison démarre, le travail ne manque pas.

Tout disposé à bavarder, Hank pencha sa tête par la vitre baissée. Trent l'observa avec attention. Il avait une vingtaine d'années. Son visage rond était ouvert, son accent très marqué, et ses cheveux, couleur paille, partaient dans toutes les directions.

— Vous travaillez pour Catherine depuis longtemps ?

— Depuis qu'elle a racheté l'affaire au vieux Pete. Il y a trois ans environ. Enfin presque. Elle ne voulait pas m'engager avant que je termine le lycée. Elle est comme ça...

— Ah bon ?

— Ouais. Dès qu'elle a une idée en tête, elle n'en démord plus.

D'un signe de tête, il désigna le garage.

— Elle n'est pas à prendre avec des pincettes, aujourd'hui.

— Ça change de l'ordinaire ?

En s'esclaffant, Hank alluma la radio.

86

— Je joue mon joker ! cria-t-il pour couvrir la musique. Il y a des jours où il ne faut pas s'y frotter. A bientôt.

Lorsque Trent pénétra à l'intérieur du garage, la jeune femme était plongée jusqu'à la taille sous le capot d'une grosse berline. Là aussi, la radio marchait à pleins tubes, et les hanches de Catherine se balançaient en cadence.

— Excusez-moi...

Trent se rappela qu'il avait déjà essuyé un échec la veille, en l'abordant de cette manière. Il avança et lui tapa doucement sur l'épaule.

— Si vous voulez bien...

Catherine tourna la tête, juste assez pour apercevoir la cravate. Elle était bleue, aujourd'hui. Et l'identité de son propriétaire ne faisait aucun doute.

— Que voulez-vous ?

— Une vidange.

— Oh.

Sans plus attendre, Catherine se remit au travail. Des bougies à changer.

— Laissez-la dehors, indiqua-t-elle. Avec les clés dans la boîte à gants. Ce sera prêt à 18 heures.

— Traitez-vous toujours les clients de façon aussi désinvolte ?

— Oui.

— Si cela ne vous ennuie pas, je conserverai mes clés, jusqu'à ce que vous soyez moins distraite.

— Comme il vous plaira.

Deux minutes s'écoulèrent dans un silence pesant, troublé seulement par le son de la radio.

— Si vous comptez rester ici, déclara soudain Catherine, autant vous rendre utile... Pourriez-vous vous installer au volant et mettre le moteur en route ?

— Pardon ?

— Vous ouvrez la portière, vous vous asseyez sur le siège du conducteur, et vous tournez la clé de contact.

Elle sortit la tête et souffla sur des mèches folles qui lui mangeaient le front.

— Vous y arriverez ?

— Sans doute...

La situation prenait un tour que Trent n'avait pas prévu. Pourtant il s'exécuta. Le moteur se mit à ronronner avec un bruit rassurant. Du moins, l'estimait-il. Catherine semblait d'un avis différent.

Sans donner d'explication, elle braqua sa lampe sur le moteur et opéra divers ajustements.

— Tout paraît normal, lui fit remarquer Trent.

— Non. Il manque quelque chose.

— Comment pouvez-vous le savoir avec cette radio qui hurle ?

— J'ai de bonnes oreilles... Ah, voilà. C'est mieux. Beaucoup mieux.

Intrigué, Trent sortit du véhicule et se courba par-dessus son épaule.

— Que faites-vous ?

— Mon travail.

Les épaules de Catherine remuèrent avec nervosité, comme si un insecte l'importunait.

— Reculez-vous, s'il vous plaît.

— C'est seulement une saine curiosité.

Sans réfléchir, il posa la main sur le dos de Catherine et se pencha davantage sous le capot. Surprise, la jeune femme sursauta. Elle fit un faux mouvement et poussa un cri de douleur, suivi d'un juron retentissant.

Trent lui prit la main.

— Laissez-moi regarder.

— Ce n'est rien. Maintenant, disparaissez. Si vous étiez resté à l'écart, ma main n'aurait pas glissé.

— Cessez de remuer, bon sang !

D'un geste autoritaire, il lui attrapa le poignet et examina son doigt écorché. Un petit filet de sang, entre les traces de cambouis, lui causa un sentiment de culpabilité, si intense qu'il le jugea ridicule.

— Il faut soigner ça.

— C'est juste une coupure, assura Catherine d'un ton exaspéré.

— Ne faites pas l'enfant. Où se trouve la trousse à pharmacie ?

— Dans la salle de bains, mais je peux aller la chercher moi-même.

Sans tenir compte de ses protestations, Trent la retint prisonnière tandis qu'il contournait l'avant de la voiture pour éteindre le moteur de la voiture.

— Où est la salle de bains ?

D'un mouvement de la tête, Catherine lui indiqua le couloir qui séparait le garage du bureau.

— Ecoutez, vous deviez simplement me donner vos clés et...

— Pas question ! l'interrompit Trent en la tirant vers le couloir. Vous venez de dire que c'était ma faute si vous vous étiez blessée. Je prends donc mes responsabilités.

— J'aimerais que vous arrêtiez de me traîner comme un sac de patates ! Ça devient une habitude, à la fin !

Sans répondre, Trent poussa une porte et pénétra dans une petite pièce de la taille d'un placard à balais. Sourd aux protestations horripilées de Catherine, il avança sa main sous le robinet d'eau froide. Les dimensions plutôt réduites de l'endroit leur imposaient une grande intimité, leurs corps étaient presque plaqués l'un à l'autre. Pourtant, ils feignirent tous deux de ne pas y prêter attention.

Trent prit le savon et commença à laver avec soin la main de Catherine autour de la blessure.

— L'entaille n'est pas profonde, remarqua-t-il.

— Je vous l'avais dit ! Ce n'est qu'une égratignure.

— Elle pourrait s'infecter...

— Oui, docteur, minauda Catherine.

Trent leva les yeux, prêt à riposter. Mais elle était si adorable, avec ses traînées noires sur le nez et sa moue d'enfant têtue, qu'il s'entendit répondre :

— Je suis désolé.

— Ce n'est pas votre faute.

Pour se donner une contenance, Catherine ouvrit la petite armoire à pharmacie et en sortit la trousse d'urgence.

— Je peux me débrouiller seule, assura-t-elle.

— Je n'en doute pas. Seulement, j'aime terminer ce que j'ai commencé, lui indiqua Trent.

Il prit du coton et la bouteille d'alcool à 90°.

— Attention, ça va piquer.

Catherine émit un léger cri lorsqu'il nettoya la plaie. Instinctivement, elle pencha la tête en même temps que lui, et leurs fronts se heurtèrent. Elle se frotta la tempe de sa main libre et remarqua avec un petit rire :

— Nous formons une drôle d'équipe, tous les deux !

— On dirait, oui.

Les yeux rivés aux siens, Trent souffla sur les doigts de la jeune femme. Dans ses pupilles vertes, il surprit un éclair. La crainte ? La surprise ? Le plaisir ? Il n'aurait su le dire. En tout cas, en cet instant, il aurait volontiers parié la moitié de sa fortune que Catherine Calhoun ignorait tout du scénario romanesque que sa tante avait imaginé.

Il porta sa main à ses lèvres — juste un test, se persuada-t-il — et observa la confusion qu'exprimait soudain le regard de Catherine. Elle entrouvrit les lèvres, mais aucun son ne sortit de sa bouche.

— Un baiser aidera à la guérison, murmura Trent en lui embrassant de nouveau la main.

— Je crois... Il vaudrait mieux...

Soudain, Catherine ne savait plus où elle en était. La pièce semblait minuscule.

— Je vous... remercie, bredouilla-t-elle. Ça va mieux, à présent.

— Il faut un pansement.

— Oh, je ne...

— Sinon la plaie va se salir et s'infecter.

Trent, qui prenait un plaisir croissant à la situation, coupa un morceau de gaze et commença à l'enrouler autour du doigt de Catherine.

Pour mettre un peu de distance entre eux, celle-ci pivota. Trent l'imita aussitôt. Ils se tenaient désormais face à face, et le dos de la jeune femme touchait le mur.

— Ça fait mal ? lui demanda-t-il.

Elle secoua la tête. Elle n'était pas blessée, elle était tout simplement en train de devenir folle. Car enfin, était-il normal que son cœur batte à se rompre parce qu'un homme entourait son doigt d'un pansement ?

Trent termina de mettre la gaze en place et la fit tenir avec un adhésif. Puis il se redressa. En cet instant, ils étaient aussi proches l'un de l'autre que la veille, durant leur dispute. Et cette promiscuité lui était de plus en plus agréable.

— Puis-je vous poser une question personnelle ? demanda-t-il d'une voix charmeuse.

— Heu... je...

— Allez-vous effectuer la vidange de mon moteur ?

Les yeux de Trent pétillaient de malice, et Catherine ne put s'empêcher de sourire.

— Absolument.

— Alors, vous m'avez donc pardonné pour la nuit dernière ?

— Je n'ai pas dit ça.

— J'aimerais que vous y songiez. Car si je dois être damné pour ce que j'ai fait, je me dis que je pourrais tout aussi bien pécher encore une fois.

Etourdie par le son de sa voix et l'éclat intense des yeux de Trent, Catherine se pressa un peu plus contre le mur.

— Je ne crois pas que vous vous repentiez le moins du monde de vos privautés d'hier.

En silence, Trent contempla un instant ses grands yeux et sa bouche si attirante.

— Je crains que vous n'ayez raison.

Alors que Catherine ne savait que faire, partagée entre la terreur et le ravissement, le téléphone se mit à sonner.

— Je... je dois répondre.

Elle passa devant lui à la vitesse d'un boulet de canon et se précipita dans le bureau. Trent lui emboîta le pas en réfléchissant. Il n'y avait plus aucun doute, elle était comme lui la victime des lubies de tante Coco. Une autre femme, surtout celle qui aurait nourri des arrière-pensées matrimoniales, aurait souri, ou minaudé. Mais jamais elle n'aurait cédé comme Catherine à la panique. Une panique qui la rendait encore plus séduisante...

D'un geste absent, Catherine décrocha le combiné. Il lui fallut une bonne dizaine de secondes avant de pouvoir articuler la moindre parole.

— Quoi ? Oui. Oui. C'est Catherine. Désolée, monsieur Finney...

Elle exhala un soupir tandis que son correspondant lui expliquait son problème.

— Vous n'auriez pas encore laissé vos phares allumés ? Vous êtes sûr ? Entendu, entendu. C'est peut-être le starter, alors.

Elle passa une main distraite dans ses cheveux. Elle allait s'asseoir sur le bord du bureau lorsqu'elle aperçut Trent. Elle se redressa d'un bond.

— Pardon ? Pouvez-vous répéter ? Hmm... Ecoutez, je vous propose de faire un saut en rentrant chez moi. Vers 18 h 30 ?

Ses lèvres s'incurvèrent.

— Oui, j'ai toujours un faible pour les langoustes. A tout à l'heure.

— Une mécanicienne qui se rend à domicile, ce n'est pas banal, commenta Trent quand elle eut raccroché.

— Nous soignons nos clients. En outre, ajouta Catherine en s'efforçant de rester calme, je peux difficilement refuser une invitation d'Albert Finney à venir manger des langoustes chez lui.

Trent éprouva une pointe d'irritation qu'il parvint à tempérer.

— Comment va votre main ?

— Très bien. Pourquoi n'accrochez-vous pas vos clés au tableau ?

D'un pas nonchalant, Trent s'approcha du tableau en question et lui obéit.

— Voilà. A présent, répondez à cette question : pourquoi ne m'appelez-vous jamais par mon prénom ?

— Je le fais.

— Non. Vous m'avez assassiné de tous les adjectifs possibles et imaginables, mais je n'ai pas eu droit à mon prénom. Peu importe. J'ai besoin de vous parler.

— Si c'est à propos de la maison, ce n'est ni le moment ni l'endroit.

— Il ne s'agit pas de ça.

— Oh... Dans ce cas, nous pourrions sans doute reporter cette conversation à plus tard, non ?

— Cela ne prendra pas longtemps, assura Trent qui n'avait pas l'habitude d'attendre. Je voulais juste vous avertir, car je crois que vous n'êtes pas au courant des plans machiavéliques de votre tante.

— Tante Coco ? De quels plans parlez-vous ?

— Des histoires de robe blanche et de voile de tulle...

La stupéfaction qui apparut sur le visage de Catherine fut vite remplacée par le soupçon.

— Le mariage ? C'est absurde ! Tante Coco n'a pas l'intention de se remarier. D'ailleurs, elle ne sort avec personne.

— Il ne s'agit pas d'elle, murmura Trent en avançant vers la jeune femme. C'est de vous qu'il est question.

Eclatant d'un rire joyeux, Catherine s'assit sur le bord du bureau.

— Moi ? Mariée ? Quelle riche idée ! Et avec qui, s'il vous plaît ?

— Avec moi.

Le rire de Catherine mourut dans sa gorge. Elle se redressa avec lenteur et prit une voix glaciale pour demander :

— Que sous-entendez-vous au juste ?

— Que votre tante, pour des raisons qui lui sont propres, m'a invité ici non seulement pour visiter la maison, mais pour me présenter ses quatre délicieuses nièces.

Chaque fois que la colère l'étouffait, Catherine devenait incroyablement pâle. Trent avait déjà eu quelques occasions de s'en apercevoir. Cette fois, elle semblait *très* en colère.

— Vous êtes insultant ! s'exclama-t-elle.

— Je n'expose que les faits.

— Sortez !

Elle le poussa vers la porte.

— Partez. Reprenez vos clés, votre voiture et vos accusations grotesques et disparaissez de ma vue. Allez, ouste !

— Attendez encore une seconde et laissez-moi m'expliquer. Si vous me trouvez encore grotesque lorsque j'aurai terminé, je partirai.

— Mais vous êtes définitivement grotesque, mon pauvre ami. Et vous êtes prétentieux et arrogant. Si vous croyez que j'ai des desseins...

— Pas vous, corrigea Trent avec calme. Votre charmante tante. Ne vous a-t-elle pas obligée à m'accompagner dans le jardin, hier soir ?

— Elle voulait se montrer aimable avec son invité.

— J'en doute. Savez-vous comment j'ai passé la matinée ?

— Non, et je m'en contrefiche !

— A feuilleter vos albums de photos.

Avec satisfaction, Trent remarqua que la colère de Catherine s'était chargée d'angoisse, et il décida de pousser l'avantage.

— Des centaines de clichés, agrémentés du même refrain : « N'était-elle pas adorable, ma petite Catherine ? »

— Mon Dieu.

— « ... Et si intelligente. » D'après votre tante, vous lisiez le journal local à cinq ans...

La jeune femme émit un cri étranglé.

— ... et vous aviez toutes vos dents.

— Elle n'a pas osé !

— Si. Et ce n'est pas tout. Vous avez raflé tous les premiers prix de mécanique au lycée. Avec le reste de votre héritage, vous avez acheté ce garage à votre ancien employeur. Vous êtes, paraît-il, une femme pourvue d'une grande sensibilité, et qui sait garder les pieds sur terre. Enfin, vous êtes issue d'une excellente lignée et bénéficiez d'une parfaite santé.

— J'ai l'impression d'être une jument mise aux enchères.

— C'est vous qui le dites, remarqua Trent, imperturbable. Naturellement, avec vos antécédents, votre intelligence et votre beauté, vous ferez la plus merveilleuse des épouses.

Le visage de Catherine n'avait plus rien de pâle : il était cramoisi.

— Ce n'est pas parce que tante Coco est fière de moi qu'elle vous demande de m'épouser...

— Dès qu'elle eut terminé de chanter vos louanges et de me montrer les photos — les plus charmantes, soit dit en passant — de votre premier bal...

— Mon...

— ... elle a commencé à m'interroger sur le mariage et les enfants. Puis, dévoilant ses batteries, elle m'a déclaré qu'un homme dans ma position avait besoin d'une relation stable avec une femme de confiance. Comme vous.

— D'accord, d'accord, n'en jetez plus ! soupira Catherine. Si tante Coco dépasse parfois les bornes, c'est seulement parce qu'elle nous adore et qu'elle se considère responsable de notre bonheur. Je suis désolée qu'elle vous ait mis mal à l'aise.

— Je ne vous ai pas raconté ça pour vous embarrasser ou récolter des excuses. J'ai pensé qu'il valait mieux que vous le sachiez avant que les choses ne deviennent incontrôlables.

— Incontrôlables ? répéta Catherine, abasourdie.

— Ou qu'il y ait malentendu...

Bizarre, songea Trent en fourrant les mains dans ses poches. D'habitude, lorsqu'il traitait des affaires, il n'avait aucune difficulté à établir les règles du jeu. Là, c'était une autre histoire. Jamais il n'avait procédé ainsi à tâtons.

— La nuit dernière, reprit-il, je me suis rendu compte que vous aviez vécu jusque-là dans un monde protégé.

Les doigts de Catherine se mirent à tambouriner sur le bord du bureau.

— Je crois en la sincérité, insista Trent. Que ce soit dans mes affaires ou dans ma vie personnelle. Hier soir, nous nous sommes emballés. Nous avons... perdu la tête. Je ne voudrais pas que votre manque d'expérience et les chimères de votre tante vous induisent en erreur.

— En langage clair, vous craignez que je ne nourrisse le désir secret de devenir Mme St. James ?

Déconcerté, Trent se passa la main dans les cheveux.

— Plus ou moins. Je pensais qu'il valait mieux aborder la question avec franchise. De cette manière, vous ne...

— N'aurez pas de désillusions majeures ? suggéra Catherine d'un ton sec.

100

— Ne me soufflez pas les répliques.

— Comment le pourrais-je ? Vous avez déjà écrit les rôles.

— Zut ! fit Trent.

Catherine avait visé juste, et il détestait ça.

— Je tâche d'être honnête avec vous. Je ne veux pas que vous vous mépreniez quand je vous dirai que je suis attiré par vous.

La fureur de Catherine était telle qu'elle ne remarqua pas combien son propre aveu avait abasourdi Trent.

— Je suppose que je devrais me sentir flattée, déclara-t-elle en haussant un sourcil.

— Je vous laisse juge. Je vous expose les faits.

— Vous voulez des faits ? Eh bien, je vais vous en donner ! D'abord, vous n'êtes pas attiré par moi, mais par l'image du parfait Trenton St. James III que vous me renvoyez. Ensuite, les chimères de ma tante, comme vous les appelez, sont l'expression d'un cœur tendre et généreux. Une chose que vous êtes incapable de comprendre. Vous pourrez arriver à vos fins avec ma maison, mais pas avec moi, mon cher monsieur. Même si vous rampiez à mes pieds avec un diamant aussi gros qu'un œuf de pigeon, je vous rirais au nez. Voilà ma réponse. Vous connaissez le chemin pour rejoindre la sortie, je ne vous raccompagne pas.

Sur ce, Catherine pivota et s'engagea dans le corridor. Trent cilla quand la porte claqua.

— Eh bien, murmura-t-il en se frottant le front, l'horizon s'est drôlement éclairci.

5.

Insupportable... Insupportable... Insupportable...

Chaque fois qu'elle pensa à Trent, durant tout le reste de la journée, Catherine ne trouva que cet adjectif pour le qualifier. Oui, Trenton St. James, troisième du nom, était insupportable.

Lorsqu'elle rentra chez elle, la nuit était tombée et la maison endormie. Dans le hall, elle entendit la sonorité familière du vieux piano. Rebroussant chemin, elle se dirigea vers le salon de musique.

C'était Suzanna qui jouait. Elle était la seule personne de la famille à avoir cultivé ses dons musicaux. Amanda avait manqué de constance. Lila était trop indolente pour se plier aux contraintes des gammes. Quant à elle, elle était plus à son affaire avec les clés à molette que les clés de sol...

Néanmoins, elle adorait écouter sa sœur. Rien ne la charmait plus qu'une sonate de Mozart ou une cantate de Bach.

Perdue dans ses pensées, Suzanna plaqua les dernières notes de la troisième *Gymnopédie* d'Erik Satie.

— Magnifique ! s'exclama Catherine en applaudissant.

— Tu parles ! Je suis complètement rouillée.

— Je ne m'en suis pas aperçue.

Le sourire aux lèvres, Suzanna prit la main de sa sœur et remarqua le pansement.

— Oh, tu t'es blessée ?

— Juste une écorchure.

— Tu l'as nettoyée à l'alcool ? A quand remonte ta dernière piqûre antitétanique ?

— Du calme, maman. Mon doigt est propre comme un sou neuf, et j'ai eu mon rappel il y a six mois. Où sont les autres ?

— Les enfants dorment. Enfin, je l'espère. Plie ton doigt.

Catherine soupira et s'exécuta. Satisfaite, Suzanna poursuivit :

— Lila avait un rendez-vous. Amanda est plongée dans des registres. Tante Coco est montée se détendre dans un bain moussant, le visage couvert de tranches de concombre.

— Et lui ?

— Au lit, je suppose. Il est presque minuit.

— Vraiment ? Est-ce que tu m'attendais, par hasard ?

Désarmée, Suzanna se mit à rire.

— Non... Enfin, oui. As-tu réparé la camionnette de M. Finney ?

— Il avait oublié d'éteindre ses feux de position. Je crois qu'il le fait exprès pour que je vienne recharger sa batterie. Il m'a régalée d'une langouste et d'un verre de cabernet.

— S'il n'avait pas l'âge d'être ton grand-père, je dirais qu'il a le béguin pour toi.

— Il l'a. Et c'est réciproque. S'est-il passé quelque chose pendant mon absence ?

— Tante Coco réclame une séance de spiritisme.

— Encore !

Les doigts de Suzanna glissèrent sur le clavier du piano, improvisant une mélodie aux harmonies jazzy.

— Demain soir, après le dîner, précisa-t-elle. Elle insiste. Feu notre arrière-grand-mère Bianca aurait quelque chose à nous dire. A nous et à Trent, d'ailleurs.

— Que vient-il faire là-dedans ?

— Si nous acceptons de lui vendre la maison, il sera plus ou moins son héritier.

— Qu'allons-nous décider ? demanda Catherine d'une voix lasse.

— Nous n'avons pas vraiment le choix.

— Les affaires du garage marchent bien. Je pourrais faire un emprunt.

— Non. Tu ne vas pas risquer son avenir sur le passé.

— C'est mon avenir...

— Et notre passé.

Suzanna se leva, le regard plein de résolution.

— Je sais combien la maison compte pour toi — de même que pour nous toutes. Mon retour ici, après que Baxter... après mon mariage raté, m'a aidée à reprendre le dessus. Chaque fois que je regarde Alex ou Jenny descendre à califourchon la rampe de l'escalier, je me souviens des jours heureux de notre enfance. Je revois maman, assise au piano, et j'entends papa nous lire des histoires, près de la cheminée.

— Alors comment peux-tu envisager de vendre Les Tours ?

— J'ai appris à affronter les réalités, même les plus déplaisantes.

D'un geste affectueux, Suzanna caressa la joue de Catherine. Elle avait cinq ans de plus que sa sœur. Pourtant, elle avait souvent l'impression que leur différence d'âge était bien plus importante.

— Il est certains événements sur lesquels nous n'avons aucune prise. Quand cela arrive, on doit s'efforcer de sauver l'essentiel et marcher de l'avant.

106

— Les Tours me semblent faire partie de l'essentiel, tu ne crois pas ?

— Certes. Mais combien de temps encore pourrons-nous tenir le coup ?

— On peut vendre les lithographies de Mucha, la porcelaine de Limoges, quelques bibelots.

— Et repousser une échéance inévitable. Si le temps est venu de renoncer, nous devrions le faire dans la dignité.

— Tu as arrêté ta décision ?

Le regard rêveur, Suzanna fixa la nuit sombre à travers la vitre.

— Non. J'hésite toujours, avoua-t-elle. Avant le dîner, les enfants et moi nous sommes allés marcher le long des falaises. Lorsque je contemple la baie, je ressens une émotion intense, quelque chose d'incroyablement fort qui me broie le cœur. J'ignore quelle est la meilleure solution, Catherine. Je n'ai qu'une certitude : l'inéluctable me fait peur.

— C'est douloureux...

— Oui.

Catherine posa la tête sur l'épaule de sa sœur.

— Il se produira peut-être un miracle.

Depuis le hall obscur où il se tenait, Trent contempla les deux silhouettes mélancoliques. Il aurait aimé n'avoir pas entendu leur conversation. Il aurait voulu s'en moquer.

Mais il avait écouté et, pour des raisons qu'il refusait d'approfondir, il était affecté. D'un pas silencieux, il se dirigea vers l'escalier.

— Les enfants, gronda Coco à bout de patience, pourquoi ne lisez-vous pas un bon livre ?

Alex agita un sabre imaginaire devant lui.

— Je veux jouer à la guerre. Mort à l'ennemi !

« Il n'a que six ans, songea Coco, atterrée. Qu'est-ce que ce sera dans dix ans ! »

— Tenez, voici des crayons de couleur, annonça-t-elle, tout en maudissant les samedis pluvieux. Vous devriez dessiner de beaux paysages. Nous les accrocherons ensuite sur la porte du réfrigérateur et organiserons une exposition.

— Des trucs de bébé ! répliqua Jenny, du haut de ses cinq ans.

Elle souleva un invisible fusil à laser et tira.

— Ta-da-da-da-da-da ! Alex, tu es pulvérisé.

— Non. J'ai évacué mes troupes.

— Tu triches !

Ce fut le signal des hostilités. Tandis qu'ils tournoyaient sur le tapis de la chambre d'Alex, Coco leva les yeux au plafond. Pendant un instant, elle fut tentée de quitter la pièce, puis elle décida d'intervenir.

— Arrêtez, ou vous allez vous faire mal. Alex, est-ce que je dois te rappeler que Jenny t'a fait saigner du nez, la semaine dernière.

Le souvenir de cet incident réveilla l'orgueil masculin du petit garçon.

— C'est pas vrai.

— Si, si, si, chantonna Jenny en bondissant comme un cabri.

— Excusez-moi...

Trent s'immobilisa sur le seuil.

— Je ne voudrais pas vous interrompre.

— Pas du tout, protesta Coco en se passant la main sur les cheveux. Les enfants, tenez-vous tranquilles et dites bonjour à M. St. James.

— B'jour, lança Alex en continuant d'agripper sa sœur.

Le sourire amusé de Trent donna une idée à Coco.

— Trent, puis-je vous demander une faveur ?

— Bien sûr.

— Les filles travaillent toutes, aujourd'hui, et j'ai une ou deux courses rapides à faire en ville. Est-ce que vous vous sentez de taille à garder un œil sur les petits pendant ce temps ?

— Un œil sur eux ?

— Oh, ils sont adorables, vous savez, assura Coco en considérant les enfants avec tendresse. Jenny, ne mords pas ton frère ! Les Calhoun se sont toujours battus en respectant un certain fair-play... Merci, Trent. Je serai revenue avant même que vous ne vous aperceviez de mon départ, promit-elle en passant devant lui.

— Coco, je ne suis pas certain de...

— Et n'oubliez pas la séance de spiritisme de ce soir.

Sur cette dernière recommandation, Coco se hâta de disparaître vers l'escalier.

Jenny et Alex se dépêchèrent de conclure une trêve pour se tourner vers Trent. Lorsqu'ils étaient seuls ou en présence de tante Coco, ils se battaient comme chien et chat. Mais ils unissaient toujours leurs forces contre un ennemi venu de l'extérieur.

— Nous n'aimons pas les baby-sitters, annonça Alex d'un ton menaçant.

— Je n'ai pas envie d'en être un, lui assura Trent.

Alex glissa son bras autour des épaules de sa sœur qui, à son tour, l'enlaça par la taille.

— Nous non plus.

Trent hocha la tête. S'il était capable de diriger une équipe de cinquante personnes, il devait être en mesure de discipliner deux chérubins intrépides, non ?

— D'accord.

— L'été dernier, quand nous sommes allés voir papa, nous avions une gouvernante, raconta Jenny en

110

le considérant avec suspicion. Nous lui avons rendu la vie infernale.

Tant bien que mal, Trent masqua un gloussement dans une quinte de toux.

— C'est vrai, insista la fillette.

— Papa l'a dit, renchérit Alex. Et il a été content de nous donner des fessées.

Les bourreaux d'enfants avaient toujours soulevé l'indignation de Trent. A l'évidence, Baxter Dumont n'avait rien d'un pédagogue, songea-t-il en dissimulant sa désapprobation et sa colère.

— Un jour, confia-t-il, j'ai enfermé ma nanny dans un placard.

Cette révélation éveilla l'intérêt de Jenny et d'Alex.

— Bravo ! approuva celui-ci.

— Elle a pleuré toutes les larmes de son corps, improvisa Trent.

— Eh bien, nous, on a mis un serpent dans son lit et elle a couru dans toute la maison en chemise de nuit.

En souriant avec satisfaction, Jenny attendit de voir si Trent surenchérissait.

— Bien joué, commenta-t-il. As-tu des poupées ?

— Pouah ! Les poupées, c'est mortel.

— Nous, on veut de l'action ! s'écria Alex en brandissant de nouveau son sabre imaginaire. Je suis un cruel pirate et, toi, Jenny, tu es ma prisonnière.

— Ah non ! J'étais déjà prisonnière la dernière fois. C'est à mon tour d'être le méchant pirate.

— Je l'ai dit le premier...

— Tricheur ! hurla Jenny en secouant son frère par le bras.

— Ouh, le bébé ! Ouh, le bébé !

— Stop ! intervint Trent, pour prévenir un nouveau pugilat.

Au son de cette voix masculine et autoritaire à laquelle ils n'étaient pas habitués, les deux enfants se statufièrent.

— *Je* suis Trentor, le plus redoutable des pirates ! rugit Trent. Et je suis sur le point de me lancer à l'abordage de votre navire...

Le jeu qui commença alors l'enchanta autant que les enfants. Alex et Jenny avaient une imagination inépuisable — sans doute un tantinet sanguinaire, mais ils respectaient les règles lorsque celles-ci étaient établies. Alors qu'il rampait sur le parquet ou pointait un pistolet à eau sur l'ennemi, Trent songea que la plupart de ses connaissances auraient été médusées de le voir.

Bientôt, les pirates furent abandonnés pour les envahisseurs de l'espace, puis ensuite pour les cow-boys et les Indiens. Au terme d'une ultime bataille, épique, les trois combattants s'effondrèrent sur le sol, exténués. Alex s'était tellement dépensé qu'il s'endormit sur-le-champ, sa hache en plastique à la main.

— J'ai gagné ! lança Jenny d'un ton triomphant.

La petite fille se nicha contre le bras de Trent et sombra à son tour dans un profond sommeil.

C'est ainsi que Catherine les trouva. Dehors, il pleuvait à verse. La pluie ruisselait contre les vitres. Dans le couloir, on entendait l'eau qui tombait goutte à goutte dans un seau.

La chambre d'Alex était un vrai champ de bataille. Des voitures miniatures, des peluches et quelques dinosaures en plastique gisaient ici et là, victimes de la fureur des combats. En enjambant avec précaution ce désordre, Catherine entra sur la pointe des pieds.

Trent, sans cravate ni chaussures, dormait entre Alex et Jenny. Devant ce spectacle incongru, la jeune femme écarquilla les yeux. Son cœur se mit à battre un peu plus fort. Comme il semblait... doux, songea-t-elle, avant de se reprendre aussitôt. Quelle idée absurde ! Un homme comme lui n'avait rien d'un agneau.

Trent souleva les paupières et la fixa d'un œil ensommeillé.

— Que faites-vous là ? chuchota Catherine.

— Je n'en sais trop rien, répondit-il en promenant son regard autour de lui.

113

Jenny était nichée dans le creux de son bras et Alex, allongé de l'autre côté, souriait aux anges.

— Je dois être le seul survivant.

— Où est tante Coco ?

— Elle est partie faire des courses. Je veille sur les petits.

— Je vois ça, oui...

— Il y a eu une grande bataille. Je crains que nous n'ayons de nombreuses pertes à déplorer.

En souriant, Catherine prit l'édredon qui se trouvait sur le lit d'Alex.

— Qui a gagné ?

Avec douceur, Trent libéra son bras et posa la tête de la petite fille sur un coussin.

— Jenny a revendiqué la victoire. Mais il y a fort à parier qu'Alex prétendra le contraire à son réveil.

— Assurément.

— Faut-il les mettre au lit ?

— Non. Ils sont bien ainsi.

Catherine étendit l'édredon sur les jambes des deux enfants. Comme elle mourait d'envie de poser sa tête sur l'épaule de Trent !... Elle se dépêcha de chasser cette pensée.

— C'est gentil à vous d'avoir proposé de les garder.

— A vrai dire, je n'ai pas vraiment eu le choix.

— C'est quand même gentil.

Trent se leva et suivit la jeune femme hors de la chambre.

— Je prendrais volontiers une tasse de café.

— Entendu, acquiesça Catherine après une courte hésitation. Je vais vous en préparer une. Vous l'avez bien mérité.

Tandis qu'ils descendaient l'escalier, elle lui lança un coup d'œil par-dessus son épaule.

— Qu'est-il arrivé à votre chemise ? Elle est toute mouillée...

— Oh, rien de grave, assura Trent en frottant le tissu, légèrement embarrassé. J'ai été atteint par le jet mortel d'un pistolet à eau. Comment s'est passée votre journée ?

— Pas aussi aventureuse que la vôtre, j'ai l'impression.

Catherine s'engagea dans la cuisine et s'approcha du fourneau.

— J'ai seulement réparé un moteur.

Dès que le café fut prêt, elle alluma un feu dans la cheminée. Trent, qui la regardait s'affairer, remarqua les gouttelettes d'eau dans ses cheveux et il songea à une pluie de diamants. Il n'était pourtant pas d'un tempérament lyrique... Et lui qui avait toujours eu une préférence pour les femmes aux cheveux longs, très vaporeux, se surprenait à aimer la courte coiffure de Catherine, qui mettait en valeur son cou mince, ses traits fins et sa peau crémeuse.

— Qu'est-ce qui vous intrigue ? l'interrogea-t-elle.

— Oh, rien. Désolé. Il... Euh... Comme c'est agréable, un feu dans une cuisine !

Que lui arrivait-il ? se demanda Catherine. Il était bizarre, tout à coup. L'absence de cravate, peut-être ?

— Tante Coco vous a-t-elle dit où elle allait ?

— Non. Mais ça n'a pas d'importance. J'ai joué avec les enfants.

Alors qu'elle lui tendait une tasse de café, Catherine continua d'étudier l'expression de Trent, intriguée.

— Tenez.

— Merci. Ce retour en enfance m'a rajeuni. Ces deux-là forment une joyeuse paire.

— Suzanna est une mère fantastique. Elle a d'ailleurs commencé d'exercer ses talents avec moi... Au fait, comment marche votre voiture ?

— Beaucoup mieux que ces derniers mois. Et dire que je ne m'étais aperçu de rien. La mécanique n'est pas mon fort.

— Et alors ? Je pourrais en dire autant de mes compétences en matière de business.

Trent acquiesça et but une gorgée de café.

— J'ai regretté votre absence quand je suis allé la reprendre. Hank m'a dit que vous étiez partie dîner. La soirée a dû être excellente. Vous êtes rentrée tard...

— Finney est un homme charmant.

Trent accepta le biscuit que Catherine lui offrait, tâchant d'ignorer un pincement de jalousie.

— Un vieil ami ?

— En effet...

La jeune femme prit une profonde inspiration avant de se lancer dans le discours qu'elle avait ressassé toute la journée.

— J'aimerais clarifier le point que vous avez soulevé hier.

— Inutile. La situation est claire.

— Peut-être, mais j'aurais pu vous expliquer les choses sans me montrer aussi dure.

— Vraiment ? murmura Trent en la contemplant d'un air pensif.

— Oui. J'étais très embarrassée et... j'ai cédé à la colère.

Dans sa voix, il perçut de la mélancolie, comme la veille, lorsqu'elle parlait avec Suzanna dans le salon de musique.

— Je comprends.

Les yeux de la jeune femme croisèrent les siens, et elle soupira.

— Néanmoins, je ne peux pas m'empêcher d'être irritée par votre désir d'acquérir Les Tours. Cela n'a rien à voir avec les manœuvres de tante Coco. Quand je me suis calmée, je me suis rendu compte que vous étiez aussi ennuyé que moi, derrière vos airs polis.

— Une mauvaise habitude...

Catherine agita son biscuit.

— Si vous n'aviez pas évoqué le baiser...

— C'était une erreur. Mais puisque je m'étais excusé, je pensais que nous pouvions en parler en toute franchise.

— Je n'ai jamais souhaité d'excuses. Ni hier ni aujourd'hui.

— Je vois.

— Non, vous ne voyez pas. Ce que je veux dire, c'est que des regrets n'étaient pas nécessaires. Je ne suis sans doute pas aussi expérimentée ou sophistiquée que les femmes que vous fréquentez, mais je ne suis pas assez sotte pour inventer un roman à partir d'un stupide baiser. Cette précision apportée, il me semble que le débat est clos. Si nous devons négocier ensemble, autant que nos relations restent courtoises.

— Je vous aime bien ainsi, avoua Trent.

— C'est-à-dire ?

— Lorsque vous n'envoyez pas des objets non identifiés à toute volée.

Catherine mordit dans son cookie et sourit.

— Hélas, tous les Calhoun ont des caractères exécrables.

— J'ai été prévenu.

— Voulez-vous un autre gâteau ?

Les yeux écarquillés, elle vit Trent lever la main et lui toucher les cheveux.

— Que... que faites-vous ?

— Vos cheveux sont mouillés. Ils ont un parfum de fleurs sauvages.

— Trent...

Il sourit.

— Oui ?

— Je ne crois pas que ce soit bien de compliquer ainsi les choses.

— Sans doute pas, reconnut Trent.

Pourtant, il caressa de nouveau les boucles de Catherine, puis lui effleura la nuque. Il la sentit frissonner.

— Je pense sans arrêt à vous. Et j'ai toujours cette envie irrépressible de vous toucher. Je me demande pourquoi.

Elle s'humecta les lèvres.

— Parce que... parce que je vous exaspère.

— Ça, c'est sûr. Mais pas de la façon que vous croyez. Ce n'est pas aussi simple.

De sa main libre, il lui souleva le menton.

— Sinon, pourquoi brûlerais-je d'envie de poser mes mains sur vous chaque fois que nous sommes ensemble ?

Aussi légers qu'une plume, ses doigts descendirent le long de la gorge de Catherine.

— Je préférerais que vous arrêtiez, murmura-t-elle d'une voix à peine audible.

— De quoi ?

— De me toucher.

— Pourquoi ? demanda Trent en prenant sa main blessée pour la porter à ses lèvres.

— Cela me rend nerveuse.

Le regard de Trent se fit soudain plus sombre.

— Vous ne cherchez même pas à me provoquer.

— Parce que j'ignore comment m'y prendre.

Au même moment, il lui embrassa la joue, et Catherine en eut le souffle coupé.

— Chèvrefeuille..., chuchota-t-il en l'attirant à lui. J'adore ce parfum sur vous. Délicieux et sauvage.

Sa bouche chercha la sienne. Dans sa confusion, Catherine songea qu'elle était beaucoup plus tendre que lors de leur premier baiser. Puis, peu à peu, envahie par le feu du désir, elle perdit toute pensée rationnelle.

— Catherine, embrassez-moi.

Au lieu de repousser Trent, comme elle se l'ordonnait, elle noua les bras autour de son cou, et ses lèvres se fondirent dans les siennes.

Trent resserra son étreinte autour de la taille de la jeune femme. Il refusait de songer aux conséquences, aux règles morales, au code du savoir-vivre. Pour la première fois de sa vie, il souhaitait profiter sans arrière-pensée d'un moment divin. Des sensations délicieuses le parcouraient, annihilant toute volonté en lui.

Le feu crépita dans l'âtre. La pluie redoubla de violence. Les effluves épicés qui s'échappaient du pot-pourri de Lila embaumaient la cuisine.

Catherine n'avait plus aucune force. Les bras de Trent étaient trop forts et trop tendres pour qu'elle soit capable de résister. Toute sa vie, elle se souviendrait de cette bouche passionnée contre la sienne, ou de cette voix rauque qui murmurait son prénom. Cet instant, elle l'attendait depuis toujours.

Avec précaution, Trent rompit leur étreinte et s'écarta. Tandis qu'il l'observait, Catherine se passa la langue sur les lèvres, comme pour goûter une dernière fois son baiser. Ce geste acheva de bouleverser Trent.

— Pas d'excuses cette fois, chuchota-t-il.

— Non.

De nouveau, impulsivement, il s'empara de sa bouche.

— Oh, Catherine ! Je vous désire tant... J'ai... j'ai envie de faire l'amour avec vous !

— Oui...

— Quand ? Où ? l'implora-t-il en enfouissant son visage dans les cheveux de la jeune femme.

Emue, elle ferma les yeux.

— Je ne sais pas. Je ne peux pas penser.

Trent la couvrit de baisers fébriles.

— Ne pensez pas. Laissez-moi faire.

— J'ai du mal à imaginer que ce sera vous..., avoua Catherine.

En riant, elle se pressa contre lui.

— Je croyais que j'aurais peur la première fois, mais non. Pas avec vous.

— La première fois ?

Epouvanté, Trent ferma les yeux. La première fois ? Comment avait-il pu agir avec autant de légèreté ? Certes, il avait remarqué son manque d'expérience, mais il n'avait pas pensé une seconde qu'elle était aussi... innocente. Sinon il ne l'aurait pas courtisée ainsi, dans sa propre cuisine.

— Catherine...

— J'ai soif, gémit la voix d'Alex.

Le garçonnet, campé sur le seuil, les dévisageait d'un regard soupçonneux.

— Dites donc, vous deux, qu'est-ce que vous faites ?
C'est vilain.

Il toisa Trent, d'homme à homme.

— Je ne comprends pas cette manie d'embrasser les filles.

— Tu verras quand tu seras grand. Je vais te donner un verre d'eau. Ensuite, j'aimerais parler à ta tante en privé.

— Encore des trucs.

— Quels trucs ? s'écria Amanda en entrant.

S'efforçant de paraître naturelle, Catherine versa du café dans une tasse et la tendit à sa sœur.

— Oh, rien.

— Ah, mes amis, quelle journée ! s'écria Amanda en attrapant un cookie.

Suzanna arriva quelques secondes plus tard, suivie de Lila. La cuisine se remplit de rires féminins, et Trent comprit que le moment de grâce s'était évanoui.

Mais quand il surprit le sourire que Catherine lui adressait, il comprit aussi que tout ne faisait que commencer.

6.

C'était la première séance de spiritisme de Trent. Et il espérait que ce serait la dernière. Il avait bien tenté de s'y soustraire, prétextant qu'il s'agissait là d'une affaire familiale, mais Coco avait ri en lui tapotant la main.

— Pourquoi vous exclurions-nous ? D'autant qu'il est fort possible que les esprits choisissent de s'exprimer à travers vous.

Cette éventualité acheva de démoraliser Trent.

Dès que les enfants furent au lit, tout le monde prit place autour de la table de la salle à manger. Deux candélabres, juchés sur le haut du buffet, diffusaient une lumière irréelle, et les trois bougies qui trônaient au centre de la table projetaient des ombres mystérieuses sur les murs. Comme pour compléter le tableau, la tempête se déchaînait, au-dehors. La pluie tombait sans discontinuer. Les éclairs trouaient l'obscurité de la nuit tandis que le vent mugissait entre les fracas du tonnerre.

Coco ne portait pas de turban, comme Trent le redoutait, ni de châle à franges. A son habitude, elle était habillée avec élégance.

— Posez vos mains à plat et formons le cercle, ordonnat-elle d'un ton autoritaire.

Aussitôt, Catherine glissa la main dans celle de Trent, et Coco s'empara de l'autre. En face de lui, Amanda eut un sourire amusé en fermant le cercle entre Lila et Suzanna.

— Rassurez-vous, Trent. Les fantômes Calhoun ont toujours une conduite irréprochable en société.

— La concentration est essentielle, expliqua Lila. D'après les astres, cette nuit nous est très favorable.

Coco ferma les yeux et entama une sorte de monologue incantatoire.

— Chassons nos pensées profanes et ouvrons nos cœurs. Depuis quelque temps, je sens que ma grand-mère, la malheureuse Bianca, cherche à entrer en contact avec moi. Cette maison était sa résidence d'été, durant les dernières années de sa brève existence. Ce fut l'endroit où se scella son destin tragique, où elle rencontra l'homme qu'elle a aimé et qu'elle a perdu.

Elle s'interrompit, le temps de reprendre son souffle, et annonça :

126

— Nous sommes ici, grand-maman. Nous vous attendons. Nous savons que votre esprit ne connaît pas le repos.

— Est-ce qu'un esprit a un esprit ? demanda Amanda.

Cette question déplacée valut à son auteur un coup d'œil furibond.

— Chut ! murmura Suzanna.

Alors, on n'entendit plus que le timbre monocorde de la voix de Coco, le crépitement du feu et le mugissement du vent. Trent se sentit propulsé dans un monde inconnu. La main innocente de Catherine, étroitement liée à la sienne, le troublait.

A vrai dire, tout en elle le troublait. Elle ne ressemblait pas à Marla ni à aucune des femmes qu'il avait courtisées sans grande conviction au fil des années. En dépit de son caractère bien affirmé, de ses remarques acerbes, elle était pure et vulnérable. Et il en avait profité, d'une manière indigne.

Certes, ce n'était pas entièrement sa faute. Elle était belle et fascinante, et lui n'était qu'un homme, avec des désirs bien masculins.

Elle avait touché en lui quelque chose de secret et d'intime, une partie de lui-même qu'il s'était pourtant juré de garder inaccessible. Lorsqu'elle lui souriait ou

127

qu'elle le menaçait du regard, il vibrait comme les cordes d'un violon.

Ses réactions étaient ridicules ! Ils vivaient sur deux planètes différentes. Et pourtant avec sa main tiède dans la sienne, il sentait une harmonie qu'il n'avait jamais connue avec qui que ce soit. En fermant les yeux, il se voyait assis à côté d'elle sous une véranda, en train de regarder les enfants jouer sur la pelouse, dans le parfum enivrant des roses et du chèvrefeuille.

Abasourdi par cette vision, il rouvrit brusquement les yeux. Que lui arrivait-il, bon sang ? L'atmosphère étrange qui régnait dans la salle à manger, l'orage qui se déchaînait au-dehors avaient à l'évidence une influence désastreuse sur son imagination. Il n'était pas homme à se satisfaire des joies paisibles de la famille. Seules les affaires le stimulaient. Et l'idée de s'attacher à une mécanicienne effrontée était absurde.

Soudain, un courant d'air froid le glaça jusqu'aux os La flamme des chandelles vacilla.

— Elle est là ! chuchota Coco avec excitation. Elle est là !

Au comble de la joie, elle libéra ses mains et brisa la chaîne. Jamais l'esprit ne lui avait paru aussi présent Elle se pencha vers Lila, en quête d'un soutien, mais sa nièce conserva ses paupières closes.

— Une fenêtre a dû s'ouvrir, dit Amanda, toujours prosaïque.

Alors qu'elle allait se lever pour vérifier, Coco s'interposa.

— Non. Restons assis. Ne bougeons pas. Elle est là, n'est-ce pas ?

Un peu effrayée, Catherine hocha la tête. Elle avait l'impression qu'une paume invisible enveloppait sa main jointe à celle de Trent. Bientôt, le froid se dissipa, remplacé par une chaleur bienfaisante. Ce qu'elle éprouvait était si réel qu'elle ne put s'empêcher de regarder par-dessus son épaule, certaine que quelqu'un se tenait derrière elle.

Mais il n'y avait que la lueur dansante des flammes et la farandole des ombres sur le mur.

— Elle est si perdue...

Catherine sursauta en se rendant compte que c'était elle qui venait de parler. Tous les regards convergeaient vers elle. Même Lila avait ouvert les yeux.

— Tu la vois ? murmura Coco.

— Non... non...

Comment expliquer ce qui se passait en elle ? Les yeux voilés de larmes, Catherine chuchota :

— Elle est si triste...

Cette incommensurable tristesse, Trent en sentait également la présence. Comme si un cœur brisé lui parlait.

Balivernes ! songea-t-il malgré son trouble. Juste le pouvoir de la suggestion.

— Concentre-toi, adjura Coco. Laisse-la s'exprimer à travers toi.

De l'autre côté de la table, Lila sourit.

— Dis-nous ce que tu vois, ma chérie.

— Un collier, s'entendit répondre Catherine. Une double rangée d'émeraudes serties de diamants. Magnifiques. Éblouissantes. Elle les porte, mais je distingue mal son visage. Oh, elle est si malheureuse...

— Le collier Calhoun, articula Coco.

Une bouffée d'air glacé traversa alors la pièce. La flamme des bougies vacilla de nouveau, et une bûche s'effondra dans l'âtre. Puis, d'un coup, la tension disparut.

— Bizarre, bizarre, remarqua Amanda en se levant. Je vais arranger le feu.

De son côté, Suzanna étudiait Catherine avec un mélange d'inquiétude et de curiosité.

— Ça va, mon chou ?

— Oui.

La jeune femme s'éclaircit la gorge et jeta un bref coup d'œil du côté de Trent.

— Ce... ce doit être la tempête, chuchota-t-elle.

Une main posée sur le cœur, Coco laissa échapper un petit soupir.

— Après ces émotions, nous pourrions nous accorder un petit verre de brandy, non ?

Elle se leva en chancelant et se dirigea vers le buffet. Elle revint vers la table avec une carafe et des petits verres de cristal.

— Tante Coco, lui demanda Catherine, quel est ce collier dont... j'ai parlé ?

— Les émeraudes. Depuis longtemps, il y a une légende qui court dans la famille. Vous en connaissez une partie — l'amour fatal de Bianca pour un autre homme et sa mort tragique. Il est temps que je vous raconte le reste.

Amanda plongea les lèvres dans son verre.

— Toi, tu as gardé un secret ? remarqua-t-elle d'un ton un rien moqueur. Alors, là, tu m'étonnes...

— J'attendais le moment propice. D'après la rumeur, l'amoureux de Bianca était peintre. A l'époque, il y avait toute une colonie d'artistes sur l'île. Elle l'aurait rencontré au cours d'une des nombreuses absences de Fergus. Elle était beaucoup plus jeune que son mari, et on la disait très belle. Mais comme Fergus a détruit toutes ses photos, après sa mort, nous n'avons aucun moyen de vérifier.

— Pourquoi a-t-il fait une chose pareille ? demanda Suzanna.

Coco haussa les épaules.

— Le ressentiment.

— Plutôt la rage, intervint Lila.

— Peu importe, éluda Coco après avoir bu une gorgée de brandy. Il a détruit tout souvenir d'elle, et les émeraudes ont été perdues. Il lui avait offert ce collier à la naissance d'Ethan, son fils aîné. Et mon père, précisa-t-elle à l'intention de Trent. Comme celui-ci n'était qu'un enfant à la mort de Bianca, les événements n'ont donc jamais été très clairs dans son esprit. Mais sa gouvernante, qui a conservé une loyauté absolue envers sa maîtresse, lui a raconté certaines choses. Et notamment, qu'elle portait souvent cette rivière d'émeraudes qu'elle n'aimait pas.

— Pour se punir, décréta Lila. Et comme talisman.

Elle sourit à sa tante.

— Oh, je connaissais l'existence de ce collier depuis des années. Je l'ai vu, tout comme Catherine ce soir. La parure comprenait aussi des boucles d'oreilles assorties.

— Tu inventes ! lui lança Amanda.

— Pas du tout ! répliqua Lila avec un mouvement impatient. Ai-je raison, Catherine ?

Gênée, la jeune femme regarda sa tante.

— Oui. Qu'est-ce que tout cela signifie ?

— Je ne suis pas vraiment sûre, mais il semblerait qu'elle attache toujours de l'importance à ces pierres précieuses. Après sa mort, elles ont disparu. On pense que Fergus les a jetées dans l'océan.

Lila secoua la tête.

— Impossible. Cet auguste personnage n'aurait jamais jeté un sou dans la mer — alors, des joyaux !

— Eh bien...

Malgré sa répugnance à juger aussi durement son grand-père, Coco fut obligée d'acquiescer.

— Il est exact qu'il avait la manie de compter.

— Quel euphémisme ! s'exclama Amanda. En fait, il n'avait rien d'un philanthrope. Mais alors, qu'est devenu ce bijou ?

— Ma chérie, c'est le mystère le plus complet. La gouvernante a dit à mon père que Bianca, alors qu'elle était sur le point de quitter Fergus, avait rassemblé tous ses trésors dans une boîte.

— Et au lieu de s'enfuir, elle est morte, murmura Catherine.

— Oui. D'après la légende, la boîte est cachée quelque part dans la maison.

— Ici ? s'écria Suzanna. Crois-tu vraiment qu'un trésor ait pu rester dissimulé ici pendant quatre-vingts ans, sans que personne l'ait découvert ?

— La demeure est immense, souligna Coco. Sans parler du jardin. Elle aurait pu l'enterrer dans les massifs de roses.

— A condition que le collier ait existé, objecta Amanda.

— Il existe ! affirma Lila. Et je pense que Bianca veut que nous le retrouvions.

Les arguments et les suggestions commencèrent à fuser de tous les côtés et, bientôt, Trent leva la main pour interrompre le brouhaha.

— Mesdames, mesdames... Je sais que ceci est une affaire de famille, mais puisque vous m'avez invité à participer à cette... euh, expérience, je me sens dans l'obligation de modérer votre enthousiasme. Avec le temps, les légendes sont souvent déformées. En admettant qu'il y ait bien eu un collier, n'est-il pas plus plausible que Fergus l'ait vendu après la disparition de sa femme ?

— S'il était caché, il ne pouvait pas le vendre, objecta Lila.

— Pensez-vous vraiment que votre lointaine parente ait enterré son trésor dans le jardin, ou qu'elle l'ait dissimulé derrière une pierre ?

Un regard circulaire indiqua à Trent que son scepticisme n'était pas partagé. Il secoua la tête.

— C'est une histoire à dormir debout qui ferait les délices d'Alex et Jenny, mais vous... En outre, vous n'avez pas la moindre preuve de l'existence de cette parure d'émeraudes.

— Je l'ai vue ! protesta Catherine, malgré un sentiment de ridicule.

— Vous l'avez imaginée, corrigea Trent. Réfléchissez. Il y a quelques minutes, six adultes réunis autour de cette table invoquaient les esprits. Il n'y a rien à dire si ce divertissement reste du domaine du folklore, mais vous n'allez pas prendre au sérieux les messages de l'au-delà...

Bien sûr, il garda pour lui le fait que, pendant un instant, ses certitudes rationnelles avaient été quelque peu ébranlées.

Sans un mot, Lila se leva et sortit d'un des tiroirs du buffet un bloc et un crayon. Puis elle se rassit et commença à dessiner.

— Je respecte votre opinion, Trent, mais je suis convaincue que le collier existe bel et bien.

— A cause des racontars d'une gourvernante.

— Non, à cause de Bianca, répondit Lila.

Elle tendit le bloc à sa jeune sœur.

— C'est ça que tu as vu ce soir ?

Catherine contempla le croquis d'une double rangée d'émeraudes enchâssées dans une monture en brillants, le tout rehaussé d'une splendide émeraude montée en pendentif.

— Oui. C'est bien ça.

Trent étudia l'esquisse. Si un tel bijou n'était pas une chimère, il valait une fortune.

— Oh, mon Dieu ! murmura Coco quand le bloc atterrit sous ses yeux.

A son tour, Amanda jeta un regard aigu sur le dessin avant de le passer à Suzanna.

— Trent n'a pas complètement tort, remarqua Amanda. Il n'est pas envisageable de démolir la maison pierre par pierre. Et d'abord, peut-on se fier aux phénomènes paranormaux ?

Lila se contenta de soupirer.

— Il nous faut une preuve, renchérit Suzanna. Même au début du siècle, un bijou pareil a dû coûter une somme folle. Il doit y en avoir une trace quelque part. Surtout s'il a été revendu.

— Si je comprends bien, gémit Lila, nous allons passer notre dimanche à compulser des montagnes de vieux papiers.

Catherine n'essaya même pas de chercher le sommeil. Elle enfila sa robe de chambre en flanelle et quitta sa chambre. En traversant le couloir, elle entendit le murmure d'une radio — les informations de la nuit — qui filtrait sous la porte d'Amanda, et le son d'un sitar lorsqu'elle dépassa celle de Lila. Elle poursuivit son chemin et frappa à celle de Trent.

Lorsqu'il entrebâilla la porte, la veste de pyjama ouverte et les yeux ensommeillés, elle eut un léger frisson.

— Catherine ?

— Il faut que je vous parle. Je peux entrer ?

Trent hésita. Comment se comporter en homme raisonnable lorsque même une robe de chambre en flanelle devient érotique ?

— Il vaudrait mieux attendre demain matin.

— Impossible.

L'estomac de Trent se contracta. Mais, songea-t-il, le plus vite il s'expliquerait, le mieux ce serait. Il s'effaça pour laisser Catherine entrer et referma la porte.

— Voulez-vous vous asseoir ?

— Merci, je... je me sens trop nerveuse.

Elle s'avança vers la fenêtre et regarda par la vitre.

— Je suis contente que la pluie ait enfin cessé de tomber. Suzanna s'inquiétait pour ses fleurs...

Interrompant ces propos anodins, elle pivota et demanda soudain :

— Trent, il faut que je connaisse votre véritable opinion sur la soirée.

— La soirée ? demanda prudemment Trent.

— Oui, sur la séance de spiritisme... Oh, j'ai l'air d'une sotte en vous parlant de ça. Trent... je dois savoir. Avez-vous ressenti quelque chose d'anormal ?

Il prit les mains tremblantes qu'elle lui tendait.

— Je ne vois pas ce que vous voulez dire.

— Oh, je vous en prie ! s'impatienta Catherine. Soyez honnête avec moi. C'est important...

— D'accord. Mais d'abord, j'aimerais que vous me disiez ce que vous avez ressenti, vous.

— Eh bien, tout à coup, l'air est devenu glacial. Puis j'ai eu l'impression que quelque chose ou quelqu'un se tenait à la fois derrière nous et entre nous deux. J'ai été surprise, pas effrayée. Nous nous tenions par la main, comme en ce moment, et...

De ses grands yeux verts, Catherine supplia Trent de continuer. A contrecœur, il poursuivit :

— Une main invisible s'est posée sur les nôtres.

— Oui, murmura la jeune femme en fermant les yeux. C'est exactement cela.

— Nous avons eu la même hallucination..., commença Trent.

Elle l'interrompit en riant.

— Non, je vous en prie, épargnez-moi vos explications rationnelles. Je sais que ça signifie quelque chose d'important. *Je sais*, Trent.

— Le collier ?

— Ce n'est qu'une partie. Pas l'essentiel. Tôt ou tard, nous découvrirons la vérité sur cette légende. Mais ça, c'était comme... comme une bénédiction.

— Catherine...

Le visage transfiguré, elle lui caressa la joue.

— Je vous aime, Trent. Et rien dans ma vie n'a jamais été aussi authentique que cet amour.

Il demeura coi. Il était partagé entre l'envie de la repousser avec douceur, et le désir de la serrer contre lui pour que cet instant unique dure à jamais.

— Catherine...

Déjà, elle était dans ses bras. Ils s'étaient ouverts comme s'ils étaient doués d'une volonté propre. La chaleur de Catherine se répandit en lui comme une drogue.

— Je l'ai su dès que vous m'avez embrassée la première fois, lui confia-t-elle. Je le refusais et puis, tout à coup, j'ai senti que ma vie était transformée. Embrassez-moi encore, Trent. Embrassez-moi maintenant.

Incapable de résister à cet appel, il s'empara de sa bouche. Son être brûlait de passion. Et Catherine était si délicieusement abandonnée contre lui qu'il n'aurait pu refuser le don qu'elle lui faisait.

Elle glissa les mains sous sa veste de pyjama et savoura le plaisir des muscles de Trent sous ses doigts. Ils avaient la fermeté et la force qu'elle attendait.

Insatiable, il parcourait son visage et son cou de baisers ardents. Des effluves de chèvrefeuille lui montaient à la tête. Laissant échapper de petits gémissements, Catherine se cambra en arrière, amoureuse et offerte. Fou de désir, Trent écarta les pans de sa robe de chambre et découvrit avec stupeur et ravissement qu'elle était nue.

Bonheur. Espoir. Amour. En même temps que ces sentiments submergeaient son cœur de leur évidence, une terreur insidieuse vint ternir leur éclat.

Le souffle court, il recula. La robe de chambre de Catherine glissa alors sur une de ses épaules. Déjà, malgré lui, Trent y avait posé les lèvres, goûtant sa saveur et sa douceur.

— Voulez-vous que je reste ce soir ?

— Oui... non, balbutia Trent.

Non, elle ne devait pas rester. Et pourtant, la tenir à distance était la chose la plus cruelle qu'il pouvait s'infliger.

— Catherine... je n'ai pas été sincère avec vous. Tout a été si vite...

Désemparé, fiévreux, il laissa échapper un long soupir.

— Oh, mon Dieu, vous êtes si belle. Non... il ne faut pas. Nous devons parler.

— Mais nous l'avons fait, protesta faiblement Catherine.

Si elle continuait à le regarder ainsi, songea Trent, il allait perdre la tête.

— Je n'ai pas été assez clair. Si j'avais su que... vous étiez innocente, je n'aurais pas... enfin, j'espère que j'aurais été plus prudent. A présent, je ne puis qu'essayer de réparer.

— Je ne comprends rien à ce que vous me dites, Trent.

— Et c'est justement là le problème, déclara-t-il en s'écartant. Je suis très attiré par vous, Catherine, c'est une évidence. Mais je regrette de vous l'avoir montré.

Envahie d'un froid soudain, Catherine noua la ceinture de sa robe de chambre.

— Vous êtes troublé parce que je n'ai pas d'expérience avec les hommes, c'est ça ?

— Troublé n'est pas le terme exact. Il y a des règles, vous savez.

Elle continua à le dévisager, sans mot dire.

— Catherine, une jeune femme comme vous mérite davantage que ce que je peux vous donner.

— C'est-à-dire ?

— Un serment. Un avenir.

— Le mariage.

— Oui.

Sous le coup de la colère, le visage de Catherine se vida de tout son sang.

— Vous croyez que ma présence ici fait partie des plans de tante Coco ?

— Non. Evidemment que non.

— Bien, dit Catherine en faisant un effort pour se détendre. Tout n'est pas négatif, alors.

— Je sais que vos sentiments sont sincères — sans doute exagérés, mais vrais. Je suis fautif. Si tout n'était pas arrivé si vite, je vous aurais expliqué que je n'ai pas l'intention de me marier. Jamais. Je ne pense pas qu'un homme et une femme puissent se montrer loyaux l'un envers l'autre, ni être heureux ensemble toute leur vie.

— Pourquoi ?

Médusé, Trent écarquilla les yeux.

— Pourquoi ? Eh bien, tout simplement parce que ça ne marche pas. Mon père est abonné aux mariages et aux divorces. Sa vie conjugale ressemble à un interminable match de ping-pong. La dernière fois que j'ai reçu des nouvelles de ma mère, elle se mariait pour la troisième fois. Désolé, Catherine, mais je ne vois pas comment on peut échanger des serments en sachant qu'ils seront rompus ensuite. Et le problème, c'est que j'éprouve un sentiment pour vous.

— Pas assez fort...

Assez puissant, toutefois, pour lui briser le cœur, songea Catherine avec amertume.

— Bien, reprit-elle, je suis contente que nous ayons dissipé le malentendu.

Avec une démarche de somnambule, elle se dirigea vers la porte.

— Bonsoir.

Trent la retint par l'épaule.

— Catherine.

— Ne vous excusez pas ! lui lança-t-elle d'une voix tendue. Ce n'est pas nécessaire.

Désemparé, Trent se rendit compte qu'il aurait préféré la colère, les insultes, à la triste mélancolie qu'il lisait dans les yeux de Catherine.

— Allez-y, bon sang ! Dites ce que vous pensez de moi ! Insultez-moi...

— On ne répond pas à la sincérité par des insultes, répliqua-t-elle en faisant volte-face. Je suis juste désolée pour vous...

La main de Trent retomba. Catherine redressa la tête. Derrière la souffrance, se dressait le rempart de la fierté.

— Vous me rendez d'une main polie quelque chose que vous n'aurez plus.

Sur ces paroles, elle quitta la pièce.

Il y avait une réception, ce soir. J'ai passé une partie de la journée à remplir la maison de fleurs et de lumières. Fergus est toujours heureux lorsque je supervise les préparatifs. Je me suis demandé s'il avait remarqué ma distraction, ces derniers temps, mes promenades de plus en plus fréquentes le long de la falaise, ou les heures que je passe dans la tour à rêver d'amour. Il semble que non.

Les Greenbaum, les McAllister, les Prentise étaient là. Toutes les personnes qui ont l'heur de plaire à Fergus assistaient à la soirée. La salle de bal était garnie de gardénias et de roses rouges. Pour l'occasion, Fergus avait engagé un orchestre de New York, et la musique était excellente. Comme à son habitude, Sarah McAllister a bu trop de champagne. Son rire perçant m'a crispée, jusqu'à ce que le souper soit servi.

Ma nouvelle robe dorée a été un succès et m'a valu une jolie série de compliments. J'ai remarqué qu'Ira Greenbaum ne quittait pas des yeux ma rivière d'émeraudes, pendant que je dansais. Ces bijoux me donnent l'impression d'être une prisonnière avec ses fers au cou.

Comme je suis injuste ! Ils sont magnifiques et je les possède uniquement parce que je suis la mère d'Ethan.

Durant la soirée, je me suis échappée pour aller dans la nurserie. Ethan s'est réveillé et m'a demandé en bâillant si je lui avais apporté une tranche de gâteau.

Il ressemble à un ange quand il dort. Comme son frère et sa sœur. Mon amour pour eux est si fort, si profond que je me demande pourquoi je n'arrive pas à transférer un peu de cette affection sur leur père.

Sans doute la faute m'en incombe-t-elle. Après les avoir embrassés, je suis redescendue en souhaitant avec désespoir pouvoir courir vers les falaises, au lieu de retourner rire et danser avec les invités de Fergus.

Mais je ne dois pas aller là-bas. Mon devoir est de retrouver mon mari. J'ai donc dansé avec lui, le cœur aussi froid que les pierres précieuses qui ornent mon cou. J'ai souri lorsqu'il m'a félicitée sur mes talents d'hôtesse. Tandis que nous valsions en musique, ses yeux exploraient le salon, en quête de regards d'envie ou d'admiration.

J'aurais voulu crier : « Fergus, pour l'amour du ciel, regarde-moi, séduis-moi. La crainte et le respect ne suffisent pas. Fais-toi aimer de moi. Sauve notre union. »

Mais je me suis tue. Lorsqu'il m'a dit d'un ton impérieux qu'il n'était pas nécessaire que je danse avec Cecil Barkley, j'ai acquiescé.

A présent, la maison est silencieuse et je songe à ma prochaine rencontre avec Christian.

Oh, mon Dieu, que vais-je devenir ?

7.

Assise en tailleur, Catherine se trouvait au beau milieu d'un océan de papiers. A quelques mètres, Amanda détaillait et classait avec méthode le contenu de plusieurs cartons.

— Ce travail aurait dû être fait depuis des siècles, soupira-t-elle.

— Tu veux dire qu'il aurait fallu jeter tout ça au feu !

D'un geste machinal, Amanda rajusta ses lunettes.

— Non. Certaines de ces archives sont fascinantes et méritent d'être conservées. Les entasser pêle-mêle dans des boîtes n'est pas une bonne façon de sauvegarder la mémoire familiale.

— Parce que, d'après toi, une recette de confiture de groseilles est un fait marquant de l'histoire des Calhoun ?

— Tante Coco estime que oui. Cela va dans le dossier Cuisine. J'ai même créé une sous-partie Recettes.

Catherine agita une feuille, puis dissipa le nuage de poussière qu'elle avait provoqué.

— Et une facture pour six paires de gants blancs d'enfant et une ombrelle de soie bleue ?

— Habillement. Attention à l'ordre chronologique... Hmm, intéressant. Je viens de tomber sur un des bulletins d'école primaire de tante Coco. Je te lis : « Cordelia est une enfant très sociable. Cependant, elle a tendance à être dans la lune et a des difficultés à terminer ses devoirs. »

— C'était une information exclusive de notre envoyée spéciale, Amanda Calhoun ! commenta Catherine sur le ton d'une présentatrice de journal télévisé.

Avec un soupir, elle se redressa pour détendre les muscles de son dos et tourna la tête vers la fenêtre du grenier. Les rayons d'un magnifique soleil traversaient les vitres opacifiées par une épaisse couche de saleté. Amanda tapa du pied avec impatience.

— Où diable est Lila ? maugréa-t-elle. Suzanna est au théâtre avec les enfants, mais Lila était réquisitionnée.

— Elle va venir, murmura Catherine.

— Oui, quand tout sera fini.

Alors qu'elle se penchait sur une nouvelle liasse de papiers, Amanda éternua.

— Jamais je n'ai vu quelque chose de plus dégoûtant.

— Les vieux papiers respirent toujours la poussière. C'est presque un pléonasme.

— Non, je parle des écrits du grand-oncle Sean. Ecoute plutôt : « Il y avait une jeune femme du Maine, dont la poitrine rendait fous les indigènes. Ils... » Hum ! Je te passe la suite, ça sombre carrément dans le pornographique !

Devant le silence de sa sœur, Amanda leva les yeux.

— Ça va, mon chou ?

— Hein ? Oh... oui.

— C'est vrai ce mensonge ? Tu as la tête de quelqu'un qui n'a pas fermé l'œil de la nuit.

Catherine haussa les épaules et se replongea dans sa lecture.

— Cette séance de spiritisme m'a anéantie, avoua-t-elle.

— Moi aussi. Jusque-là, j'avais toujours trouvé qu'il y avait une atmosphère particulière dans la tour de Bianca. Je pensais que c'était le fait de savoir qu'elle s'était jetée dans le vide. Mais la nuit dernière...

Elle frissonna et serra frileusement ses bras contre elle.

— Je sais que tu as vraiment vu quelque chose.

— Le collier existe, Amanda.

— Existe ou existait ? J'aimerais quand même bien avoir une preuve concrète en main.

— Il est quelque part, assura Catherine. Je ne pense pas que j'aurais pu le voir s'il avait été mis en gage ou jeté dans l'océan. Je sais que ça peut paraître loufoque mais, à mon avis, Bianca désire que nous le trouvions.

Avec un soupir résigné, Amanda se laissa aller contre le dossier de sa chaise, qui émit un grincement de protestation.

— Et le plus cocasse, sœurette, c'est que je pense la même chose. Pourvu que personne à l'hôtel n'apprenne que j'occupe mes loisirs à chercher un vieux trésor, sur les injonctions de feu mon arrière-grand-mère... Oh !

— Tu as trouvé quelque chose ? demanda Catherine en se levant d'un bond.

— Non, non, juste un vieil agenda, daté de 1912. L'encre a un peu jauni. L'écriture est déliée, élégante. C'est celle d'une femme cultivée. De Bianca, selon toute probabilité. Ecoute ça : « Envoyer invitations. » La liste des invités suit. Ouah ! Quelle réception ! Les Prentise y assistaient. Je parie qu'il s'agit de ceux qui habitaient Prentise Hall, une des villas incendiées en 1947.

— « Parler des roses au jardinier, lut Catherine par-dessus l'épaule de sa sœur. Dernière séance d'essayage de la robe du soir en faille dorée. Rencontre avec Christian à 15 heures. » Christian ?

Elle posa une main nerveuse sur l'épaule d'Amanda.

— Est-ce qu'il s'agit de son artiste ?

— Devine ! Oh, tiens, ici : « Réparation du fermoir et de la monture des émeraudes. » Peut-être le fameux collier...

— Ça doit être ça.

— Nous n'avons toujours pas de factures.

D'un regard empli de lassitude, Catherine contempla les monceaux de papiers qui s'entassaient autour d'elles.

— Autant chercher une aiguille dans une botte de foin.

— Nos chances augmentent chaque fois que nous éliminons un carton, remarqua Amanda avec son habituel pragmatisme.

— Mandy, aurons-nous le temps ? C'est un travail de bénédictin.

— N'exagère rien. Cela fait tout juste deux heures que nous explorons ces cartons.

— Ce n'est pas ce que je veux dire. Même si nous trouvons la facture, il restera à chercher le collier. Ça peut prendre des années. Or il va falloir vendre, n'est-ce pas ?

— Nous discuterons de ce sujet demain soir, lors du conseil de famille.

Troublée, Amanda ébouriffa les cheveux de sa sœur cadette.

— Ecoute, pourquoi n'irais-tu pas faire une sieste ? Tu es exténuée.

151

— Non, répondit Catherine d'un ton sec.

Elle se leva et se mit à marcher de long en large.

— Je préfère m'occuper l'esprit. Sinon, je risque d'étrangler quelqu'un...

— Trent, par exemple ?

— Eh bien, oui... Enfin, non...

Avec un soupir, elle enfouit les mains dans ses poches.

— En fait, il n'est pas responsable de ce gâchis.

— De quoi parlons-nous ? De la maison ?

Découragée, Catherine s'assit de nouveau par terre.

— J'ai décidé que tous les hommes étaient stupides, égoïstes et superficiels.

— Tu es amoureuse de lui, murmura Amanda.

— Touché ! lança sa sœur avec un sourire affligé. Et pour t'épargner la prochaine question, non, il ne partage pas mes sentiments. Il n'a aucune intention de fonder une famille et il est navré de ne pas m'avoir prévenue avant que je commette l'erreur de tomber amoureuse de lui.

— Je suis désolée, ma chérie...

Amanda retira ses lunettes et s'assit à côté de sa sœur.

— Je devine combien tu souffres. Mais tu ne le connais que depuis quelques jours. L'engouement...

— Non, ce n'est pas un béguin.

152

D'un geste machinal, Catherine avait plié la recette de confiture pour en faire un petit avion de papier.

— J'ai découvert que tomber amoureuse n'était pas une question de temps. Cela peut t'arriver à tout instant, sans prévenir...

— Je ne suis pas experte sur ce chapitre, reconnut Amanda en lui passant le bras sur les épaules. Par chance, je n'ai jamais eu à me soucier de ça.

Elle s'interrompit une seconde, les sourcils froncés.

— S'il t'a blessée, reprit-elle d'un ton menaçant, nous lui ferons regretter d'avoir croisé une Calhoun !

— La proposition est tentante. Mais c'est moi qui me suis blessée moi-même. Retournons travailler.

Elles venaient à peine de reprendre que Trent fit son entrée à l'improviste. En regardant Catherine, il eut l'impression d'affronter un bloc de glace. Il se tourna vers Amanda et rencontra un peu moins d'hostilité.

— Je venais vous proposer mon aide.

Amanda glissa un coup d'œil vers sa sœur et nota son mutisme. « Une arme très efficace », jugea-t-elle.

— C'est très gentil à vous, Trent. Mais c'est une affaire de famille.

— Laisse-le, intervint Catherine sans lever la tête. Il sera dans son élément.

D'un mouvement négligent, Amanda lui désigna un fauteuil.

— Vous pouvez vous installer ici. On range les documents par thèmes et par années.

— Parfait.

Trent prit place à la table et se mit au travail, dans un silence glacial.

— Voilà une facture, annonça-t-il au bout de quelques instants.

Comme aucune des deux sœurs ne réagissait, il précisa :

— Pour la réparation d'un fermoir.

— Montrez-moi ça !

Le temps que Catherine les rejoigne, Amanda s'était déjà emparée du papier.

— Aucune précision sur le collier, marmonna-t-elle, déçue.

Catherine désigna la date qui figurait au haut de la feuille.

— Oui, mais la date est bonne, regarde. 16 juillet 1912.

— Aurais-je raté un épisode ? demanda Trent.

— Nous avons trouvé l'agenda de Bianca de cette année-là, expliqua Amanda. Elle mentionne que le fermoir de ses émeraudes a été réparé.

— Alors, ce doit être ce que vous cherchez...

Ses yeux se fixèrent sur Catherine, mais ce fut Amanda qui répondit.

154

— C'est déjà une satisfaction de savoir que le collier Calhoun existait bel et bien en 1912, mais nous n'avons pas le moindre indice sur ce qui lui est arrivé par la suite.

Elle mit la facture de côté.

— Poursuivons nos recherches.

Au même instant, la voix de Lila se fit entendre dans l'escalier :

— Amanda ! Téléphone !

— Dis que je rappellerai !

— C'est l'hôtel. C'est urgent, paraît-il.

— Oh, la barbe !

Amanda ôta ses lunettes et fixa Trent avec méfiance.

— Je reviens dans deux minutes, lui indiqua-t-elle.

Il attendit que le bruit de ses pas dans l'escalier se soit éloigné pour remarquer :

— Elle est très maternelle.

— Nous nous soutenons mutuellement.

— Je l'avais noté. Catherine...

Devant le regard acéré de la jeune femme, Trent s'interrompit.

— Oui ?

— En fait, je... je voulais m'assurer que vous alliez bien.

— Dans quel sens ?

155

Elle avait de la poussière sur le visage. Trent mourait d'envie de le lui dire, de la voir sourire. Et de l'entendre rire tandis qu'elle se frotterait la joue.

— Après ce qui s'est passé la nuit dernière... J'ai senti combien vous étiez bouleversée lorsque vous avez quitté ma chambre.

— En effet, reconnut Catherine en s'emparant d'un nouveau document, je n'aurais pas dû vous faire une telle scène. C'est à moi de m'excuser, cette fois. Cette séance de spiritisme m'a perturbée.

« Pas seulement l'esprit, songea-t-elle en silence. Mais aussi le cœur. »

— Je me suis comportée comme une idiote.

— Non, voyons, rétorqua Trent avec un calme déconcertant. Bien sûr que non. Vous... vous avez dit que vous m'aimiez.

— Pourquoi ne pas mettre ça sur le compte de l'atmosphère insolite de la soirée ?

En effet, cette proposition était raisonnable. Pourtant, elle donna à Trent un douloureux sentiment d'abandon.

— Vous ne le pensiez pas ?

— Trent, nous ne nous connaissons que depuis quelques jours...

— Cependant, vous sembliez si... désespérée, quand vous êtes partie.

156

— Regardez-moi, Trent. Ai-je l'air accablée, aujourd'hui ?

— Non... Non, mais vous...

— Très bien. Alors, tournons la page. Ce sera mieux pour nous deux.

« C'était bien là ce que tu voulais ? » songea Trent. Le cerveau vide, il se leva.

— Oui, dit-il simplement.

— Si vous descendez, vous seriez gentil de demander à Lila de monter du café.

— Entendu.

Catherine attendit un long moment après que Trent fut parti. Puis, quand elle fut certaine qu'il était loin, elle enfouit son visage dans ses mains et se mit à pleurer.

Une fois dans sa chambre, Trent sortit de sa serviette un dossier en souffrance et se mit au travail.

A peine dix minutes plus tard, il regardait distraitement par la fenêtre. Il se reprocha aussitôt sa distraction, attrapa un stylo et tâcha de se concentrer. Mais après avoir relu trois fois le premier paragraphe, il comprit qu'il n'y parviendrait jamais. Il se leva avec brusquerie et se mit à arpenter la pièce comme un lion en cage.

Cette situation était ridicule ! Il avait travaillé sans aucun problème dans des chambres d'hôtel plus anonymes les unes que les autres, à travers le monde entier.

Et ici, il disposait d'un agréable bureau, d'une chemi-née dans laquelle il pourrait allumer un feu. Il n'y avait vraiment aucune raison pour qu'il soit incapable de se concentrer durant une heure pour vérifier les termes d'un contrat...

En fait, si, il y avait une raison. Il ne pouvait libérer son esprit de l'image de Catherine, pieds nus, dans sa robe de chambre de flanelle grise. Il revoyait ses yeux brillants, son sourire enchanteur. Et cette vision lui causait une indicible douleur dans la région du cœur.

L'explication de cette douleur était simple : la culpabilité. Il se sentait coupable parce qu'il avait blessé Catherine. Oui, il l'avait blessée comme jamais encore il n'avait blessé aucune autre femme. Son accueil glacial dans le grenier était d'ailleurs là pour le prouver.

Et s'il retournait lui parler ? La main sur le bouton de la porte, Trent se ravisa. De nouvelles justifications ne feraient qu'aggraver les choses. Certes, il avait sa mauvaise conscience à soulager, mais ce n'était pas une raison pour imposer de nouveau à Catherine une position gênante.

De plus, de toute évidence, elle se remettait mieux que lui des événements de la veille.

Irrité, Trent décida qu'un peu d'air lui ferait le plus grand bien. Il attrapa sa veste et sortit de la maison.

Machinalement, il se dirigea vers les falaises. Il descendit le sentier escarpé et longea la pente abrupte qui surplombait la mer. Un vent vif lui mordait le visage. Le ciel était gris et nuageux, et les fleurs sauvages qui poussaient avec témérité entre les rochers ployaient sous les bourrasques de vent.

Trent, qui marchait le dos voûté, s'arrêta soudain pour contempler la mer — reprenant sans le savoir l'attitude d'un peintre qui, trois décennies plus tôt, avait posé son chevalet au même endroit.

Le paysage qui s'offrait à lui était grandiose. Un chaos de rochers roses et gris, battus sans relâche par le vent et les vagues, et voilés par des lambeaux de brume. Plus loin, l'immensité de la mer, noire et tourmentée.

Alors qu'il s'imprégnait de cette beauté sauvage, Trent eut un sentiment de manque. Il aurait aimé qu'elle soit avec lui. Catherine aurait souri, songea-t-il. Oui, elle aurait souri en se mettant face au vent, en inspirant à fond l'air chargé d'embruns. Si elle s'était trouvée là, à son côté, Trent n'aurait pas éprouvé cette impression de solitude.

D'un mouvement instinctif, il tourna la tête. Comme si Catherine avait pu entendre son appel silencieux et courait à sa rencontre... Mais il n'y avait rien d'autre que le vent et cette nature sauvage. Pourtant, le sentiment d'une

autre présence persistait. Pendant un bref instant, il avai
même cru reconnaître le parfum du chèvrefeuille.

Son imagination lui jouait des tours ! songea-t-il en
repoussant d'une main tremblante une mèche de cheveux
Puis il entendit un bruit de sanglots, à peine perceptible
porté par le vent. Aussitôt, il tendit l'oreille pour distin
guer d'où venaient les pleurs.

Etait-il la proie d'une hallucination ? Non. Le
gémissements étaient bien réels. Poussé par une néces
sité impérieuse, Trent dégringola la pente abrupte. L
fracas de quelques pierres roulant à côté de lui le ramen
à la réalité.

A quoi jouait-il, bon sang ? Comptait-il jouer le
alpinistes et descendre cette falaise pour poursuivr
un fantôme ? C'était ridicule ! S'efforçant au calme, i
scruta les environs pour trouver la preuve qu'il n'avai
pas rêvé.

Il venait juste de rebrousser chemin lorsque des cri
plaintifs se firent de nouveau entendre. Pas des cris. De
aboiements. Qui venaient du bas. En se penchant, Tren
explora un monticule de rochers et découvrit entre deu
blocs de pierre un adorable chiot.

Soulagé, il se mit à rire. Il n'était donc pas devenu fo
Tandis qu'il allongeait la main, le chiot apeuré essay
de reculer au fond de sa cachette. Les yeux terrifiés, i
fixait Trent en tremblant de tous ses membres.

Avec d'infinies précautions, Trent le souleva et le nicha au creux de son bras.

— Ne crains rien. Tout va bien maintenant. Je ne vais pas te faire de mal.

D'un doigt hésitant, il lui caressa la tête, entre les deux oreilles. Aussitôt en confiance, le chiot se mit à lui lécher la main.

— Je me doute que tu dois te sentir un peu seul. Moi aussi, pour tout te dire. En tout cas, je ne vais pas t'abandonner ici. Nous allons rentrer ensemble à la maison.

Il logea son protégé à l'intérieur de sa veste et reprit son ascension. Lorsqu'il fut à mi-chemin, il leva les yeux vers le sommet de la falaise. Curieusement, il eut la certitude qu'il n'aurait jamais dû entendre les gémissements du chiot. La distance et les rafales de vent auraient dû les étouffer. Pourtant, il avait entendu... quelque chose et avait fini par découvrir le petit animal perdu.

— Bizarre...

Perplexe, il continua son ascension et prit la direction du manoir. En remontant l'allée du jardin, il songea brusquement à la manière dont il allait bien pouvoir présenter son nouvel ami à ses hôtesses. Avait-il le droit de leur imposer la présence d'un animal ?

Tandis qu'il hésitait sur la conduite à adopter, Catherine sortit de la maison.

161

— Nous n'avons plus de lait, lui expliqua-t-elle en boutonnant son blouson de jean. Avez-vous besoin de quelque chose ? Je vais au village.

« De la nourriture pour chiens », pensa aussitôt Trent, avant de s'éclaircir la gorge.

— Non, merci. Je... euh...

Le chiot remua contre sa chemise.

— Et vos recherches ? demanda-t-il en s'efforçant d'avoir l'air naturel.

— Nous avons trouvé deux ou trois choses intéressantes, mais rien qui nous dise où se trouve le collier.

Le découragement de Catherine se changea en curiosité quand elle remarqua les curieuses ondulations qui déformaient la veste de Trent.

— Tout va bien ?

— Oui... Je me suis promené.

— Bien, bien, bien, fit Catherine, de plus en plus intriguée par le comportement de Trent. Tante Coco est en train de préparer le repas.

— Merci.

La jeune femme avait fait quelques pas pour s'éloigner lorsqu'un cri aigu la stoppa dans son élan.

— Pardon ? lança-t-elle en se retournant.

— Rien.

162

Trent laissa échapper un gloussement involontaire. Le chiot, qui remuait comme un diable, lui chatouillait à présent les côtes.

— Ça va ? demanda encore Catherine.

Au même moment, le petit chien passa son museau dans l'entrebâillement de la veste de Trent, lequel esquissa un sourire candide.

— Oui, oui.

Oubliant toute réserve, Catherine s'avança vers lui.

— Oh, qu'il est mignon !

— Je l'ai trouvé dans le creux d'un rocher. Je ne savais pas quoi...

Attendrie, Catherine prit l'animal dans ses bras.

— Pauvre petite bête. Tu es perdu ?

Elle frotta la joue contre son pelage lustré. Trent sourit.

— Adorable, n'est-ce pas ? Il a été certainement abandonné.

— Il est encore tout petit, acquiesça Catherine en le caressant entre les oreilles. Où l'avez-vous trouvé exactement ?

— En bas, dans les rochers. Je ne pouvais tout de même pas le laisser mourir.

— Bien sûr que non !

En levant les yeux, Catherine s'aperçut qu'elle était presque dans les bras de Trent. Elle recula d'un bond.

— Je... je l'emporte dans la cuisine, bredouilla-t-elle. Il doit être mort de froid et de faim.

— D'accord. Pendant ce temps, je descends en ville acheter du lait.

— Merci.

Avec un sourire las, Catherine remonta les marches du perron et disparut à l'intérieur.

A son retour, Trent découvrit quatre jolies femmes penchées au-dessus du petit orphelin.

— Tante Coco, il se régale de ton pâté de foies de volaille, s'écria Amanda. Suze et les enfants vont être fous de bonheur, quand ils reviendront.

— De toute évidence, nous avons affaire à un gourmet, renchérit Lila. N'est-ce pas, mon petit chéri ?

— Je ne sais pas si cette nourriture est très indiquée..., s'inquiéta tante Coco.

Le chiot, surpris et ravi de sa bonne fortune, se désintéressa soudain de la nourriture et se mit à courir dans tous les sens. Dès qu'il eut repéré Trent, il fonça sur lui et s'accrocha à une jambe de son pantalon.

Les quatre femmes se redressèrent en même temps et interrogèrent en même temps le nouveau venu.

— Une seconde ! leur lança-t-il.

Après avoir posé son sac de provisions sur la table, il attrapa son protégé et lui caressa le dos.

— J'ignore d'où il vient. Je l'ai découvert par hasard en me promenant le long des falaises. Il s'était réfugié derrière un rocher et laissait échapper de petits gémissements déchirants.

— Nous devrions nous renseigner dans le voisinage pour vérifier que personne ne l'a égaré...

Devant le concert de protestations que cette suggestion déclencha, Coco s'interrompit.

— Heu... ce n'était qu'une proposition, ajouta-t-elle. Puisque c'est lui qui a trouvé notre jeune ami, j'estime que c'est à Trent de décider.

— Je vous laisse carte blanche ! dit celui-ci en sortant un carton de lait du sac à provisions. On pourrait lui en donner un peu, non ?

Amanda se dépêcha de sortir un bol. Un débat animé s'instaura entre elle et Lila sur la quantité à verser.

Catherine, elle, fixait le sac d'un regard curieux.

— Qu'avez-vous acheté d'autre ? demanda-t-elle à Trent.

— Oh, des bagatelles...

Durant quelques secondes, il tâcha de prendre un air détaché avant de s'avouer vaincu.

— Je n'ai pas pu résister, reconnut-il en exhibant un collier de cuir rouge.

Catherine sourit.

— Oh, très chic...

165

— Une laisse, aussi, annonça Trent en continuant d'extraire du sac ses trésors. Et de la nourriture pour chiens.

Catherine s'approcha de lui pour poursuivre l'inventaire.

— Wouah ! Un os de cuir vert.

— J'ai pensé qu'il lui fallait quelque chose à ronger. Pour ses dents, vous comprenez ?

— Bien sûr, acquiesça Catherine d'un air faussement grave. Et voici une balle en plastique et une souris en mousse. J'ignorais que vous étiez aussi sentimental, monsieur St. James...

Trent, qui gardait pour lui le fait qu'il avait cherché en vain un panier et un coussin, baissa les yeux sur le chiot qui lapait son lait avec entrain.

— Moi aussi, avoua-t-il.

— Au fait, comment s'appelle-t-il ? demanda Lila.

— Eh bien, je...

— A vous de le baptiser.

— Dépêchez-vous ! conseilla Amanda. Sinon, Lila va se charger de l'affubler d'un nom impossible.

— Alors, ce sera Fred, annonça Trent.

Indifférent à l'agitation qu'il provoquait, Fred se coucha à côté du bol de lait et s'endormit.

— Alors, va pour Fred, conclut Amanda. Viens, Lila, c'est à ton tour de jouer les Sherlock Holmes dans le grenier.

D'un geste autoritaire, Coco poussa ses deux nièces hors de la cuisine pour laisser Catherine en tête à tête avec Trent.

— Je ferais mieux de les suivre, murmura la jeune femme.

Mais Trent l'arrêta au passage.

— Non, attendez.

— Attendre quoi ? demanda Catherine en reculant.

— Je... Comment va votre main ?

— Très bien.

— Bien, fit Trent, qui songea en même temps qu'il devait passer pour un parfait idiot. J'en suis heureux.

— Si c'est tout...

— Non. En fait... j'ai remarqué un bruit suspect dans le moteur de ma voiture, quand je suis descendu au village.

Catherine eut une moue dubitative.

— Ah oui ? Un bruit suspect... De quel genre ?

« Du genre imaginaire », songea Trent en prenant soin de garder cette précision pour lui.

— Juste un léger grincement, expliqua-t-il en haussant les épaules d'un air évasif. J'espérais que vous pourriez examiner ça.

167

— Entendu. Apportez-la demain au garage.

— Demain ?

— Oui, tous mes outils sont là-bas. Y a-t-il autre chose ?

— Oui, en me promenant près des falaises, j'ai regretté que vous ne soyez pas avec moi.

Troublée, Catherine détourna les yeux.

— Nous désirons des choses différentes, Trent. Restons-en là. Et s'il vous plaît, tâchez de venir de bonne heure, demain. Mon emploi du temps est chargé.

Catherine alluma son chalumeau et se pencha sous le capot d'une antique Plymouth de 62.

Rien ne semblait aller, aujourd'hui. Ainsi, depuis son arrivée au garage, elle s'efforçait en vain d'oublier la réunion de famille qui était prévue pour le soir même. Malgré les heures passées à compulser de vieux registres, aucune nouvelle preuve relative à l'existence du collier n'avait été trouvée. Et par conséquent, aucun miracle n'était intervenu pour sauver Les Tours.

A la perspective d'un avenir bien sombre s'ajoutait une seconde nuit d'insomnie. Alors qu'elle était déjà couchée, les aboiements persistants de Fred avaient sorti Catherine du lit. Elle avait quitté sa chambre et, s'approchant de celle de Trent, elle l'avait entendu rassurer le chiot.

Pendant un long moment, elle était demeurée immobile à écouter le murmure de sa voix derrière la porte close. Sa sollicitude à l'égard du petit chien n'avait fait que renforcer les sentiments de Catherine. Et plus elle l'aimait, plus elle souffrait.

Au petit matin, à son réveil, elle avait commis l'erreur de se regarder dans le miroir de la chambre. Quelle tête ! Néanmoins, ses yeux cernés et ses traits tirés étaient un moindre mal. Les factures apportées par le facteur la préoccupaient bien davantage.

Car si le garage marchait bien, ainsi qu'elle l'avait affirmé à Suzanna, il lui fallait encore jongler avec la trésorerie. Les clients ne s'acquittaient pas toujours de leurs dettes dans les plus brefs délais... Dans six mois, ses comptes seraient équilibrés, mais il serait alors trop tard pour sauver Les Tours.

Sa vie prenait une nouvelle direction. Etait-ce la bonne ?

Alors qu'il venait de pénétrer dans le garage, Trent s'immobilisa. Armée d'un chalumeau, Catherine était à moitié plongée sous le capot d'une voiture et effectuait à l'évidence un travail de soudure. Ses gestes étaient précis, presque chirurgicaux. Elle portait une combinaison de mécanicien, de gros gants et un volumineux casque de protection. Comme d'habitude, la radio marchait à plein volume.

« Est-ce qu'un homme est bon pour la camisole lorsqu'il craque complètement pour une femme vêtue comme un cosmonaute ? » se demanda Trent.

Alors qu'elle changeait de position, Catherine remarqua sa présence. Avec précaution, elle éteignit la flamme de son chalumeau, puis souleva la visière de son casque.

— Je n'ai rien trouvé d'anormal sur votre voiture, annonça-t-elle. Les clés sont dans le bureau. Vous pouvez les récupérer.

Et, sans plus de commentaires, elle rabaissa sa visière.

— Catherine.

— Oui ?

— Que diriez-vous d'un dîner ?

De nouveau, Catherine souleva sa visière, et elle fixa Trent avec circonspection.

— C'est-à-dire ?

— Eh bien, j'aimerais... que vous dîniez avec moi ce soir.

— Cela fait plusieurs soirs que je dîne en votre compagnie, il me semble.

— Non, je voudrais que nous dînions dehors.

— Pourquoi ?

— Pourquoi pas ?

— Ecoutez, c'est très gentil de votre part, mais je risque d'être un peu bousculée, ce soir. Nous avons une réunion de famille.

Alors qu'elle allait rabaisser sa visière, Trent arrêta son geste.

— J'aime voir votre visage quand je vous parle. Demain, alors ?

— J'ai du travail qui m'attend. Quant à votre invitation, je suis obligée de la décliner.

— Vous êtes toujours en colère contre moi ?

Catherine laissa échapper un profond soupir tandis que ses yeux se faisaient plus sombres.

— Nous avons déjà discuté de ce sujet. Aussi, je ne vois pas l'intérêt de fixer un rendez-vous pour en parler.

— Un rendez-vous est un bien grand mot. Ce sera juste un dîner d'amis — avant que je reprenne la route de Boston.

La nouvelle prit Catherine par surprise. Le cœur lui manqua, et elle dut se tourner vers ses outils pour recouvrer un semblant de contenance.

— Vous... vous repartez ? parvint-elle à demander.

— Oui. J'ai plusieurs importantes réunions prévues pour le milieu de la semaine. Je suis attendu au bureau mercredi après-midi.

« Et voilà, c'est aussi simple que ça, songea Catherine en serrant un écrou avec une clé à molette. Désolé si je vous brise le cœur, mais j'ai plusieurs importantes réunions prévues pour le milieu de la semaine... »

172

— J'aimerais passer un peu de temps avec vous, reprit Trent. Je me sentirais tellement mieux si nous nous quittions en bons termes.

— Egoïste ! marmonna Catherine entre ses dents.

Elle se détendit et ajouta :

— Pourquoi pas ? Entendu pour demain soir. Vous méritez bien une soirée d'adieux.

— Merci, Catherine. Vous ne savez pas combien j'apprécie votre geste.

Déjà, Trent se penchait vers elle pour l'embrasser sur la joue. Elle abaissa sa visière avec un claquement sec.

— Reculez, Trent ! lui lança-t-elle. Vous risqueriez d'être brûlé.

Chez les Calhoun, les réunions de famille étaient, par tradition, très bruyantes, entrecoupées de rires et de pleurs, de disputes et d'interminables digressions. Celle-ci fit exception à la règle. Amanda, forte de ses compétences financières, était assise à la tête de la table et présidait l'assemblée.

La pièce était silencieuse. Les enfants, qui avaient joué toute la journée avec Fred, avaient rejoint leur lit sans rechigner tandis que Trent s'était éclipsé avec tact, juste après le dîner. Son absence importait peu, estima Catherine. Il apprendrait leur décision assez tôt. D'ailleurs, n'était-elle pas déjà connue ?

— Je n'ai pas besoin de rappeler ce qui nous amène à nous réunir ce soir, commença Amanda d'une voix grave. Trent rentre à Boston mercredi, et il faut lui communiquer notre réponse avant son départ.

— Il serait plus malin de concentrer nos efforts sur ce fichu collier ! intervint Lila.

Suzanna posa la main sur le bras de sa sœur.

— Les recherches dans le grenier continuent, lui rappela-t-elle. Néanmoins, je ne pense pas qu'il soit judicieux d'entretenir un optimisme excessif à ce sujet. Retrouver le collier sera un travail de longue haleine. Et rien ne dit que nous y arriverons jamais.

— Trente jours, voilà ce qu'il nous reste...

Tous les yeux se braquèrent sur Amanda.

— C'est... c'est ce que m'a confié l'avocat, la semaine dernière, expliqua-t-elle.

— Stridley t'a contactée et tu nous l'as caché ! s'indigna tante Coco.

— J'espérais obtenir un délai supplémentaire. Je n'ai pas réussi. Si nous avons réglé les taxes foncières et que nous sommes en mesure de payer les assurances et les mensualités de l'emprunt, la facture de chauffage de cet hiver est plus élevée que prévu. Quant aux réparations du toit, elles ont entamé une importante partie de notre budget.

— La situation est si mauvaise ? demanda Catherine.

Comme si elle cherchait à soulager une violente migraine, Amanda se massa le front.

— J'en ai peur, avoua-t-elle. Certes, nous avons toujours la solution de vendre encore des pièces de valeur pour garder la tête au-dessus de l'eau. Mais les nouveaux impôts arriveront à échéance dans quelques mois, et nous reviendrons à la case départ.

— Je peux me séparer de mes perles, suggéra tante Coco.

— Pas question ! répliqua Lila. Nous étions convenues depuis le début que certaines choses ne seraient jamais vendues. Si nous devons affronter la réalité, faisons-le maintenant.

Amanda s'éclaircit la gorge.

— Il faut prévoir une visite du plombier, annonça-t-elle. Si la cheminée n'est pas ramonée, nous risquons un incendie. Il y a aussi les honoraires de l'avocat de Suzanna...

— C'est mon problème ! intervint l'intéressée.

— C'est le nôtre, corrigea sa sœur avec l'assentiment général. Nous sommes une famille. Ensemble, nous avons connu le pire, et nous nous en sommes sorties. Hélas, ces dernières années, les charges et les impôts ont beaucoup augmenté. Certes, nous ne sommes pas pauvres, mais Les Tours engloutissent peu à peu tout notre patrimoine. Si je pensais que nous sommes capables de surmonter cette crise, pour au moins un an ou deux, je serais tout à fait pour la vente du service de porcelaine, ou autres antiquités. Mais à quoi bon colmater une brèche dans un mur qui s'effondre ?

— Mandy ! s'écria Catherine.

Amanda serra les lèvres.

— Il faut ouvrir les yeux, poursuivit-elle. La lecture et l'analyse des chiffres amène à une seule et unique solution : la vente. Avec la somme que nous propose St. James, nous serons en mesure de payer nos dettes et de conserver nos meubles de famille. En revanche, si nous refusons, les huissiers viendront nous saisir d'ici à quelques mois.

Une larme coula sur sa joue.

— Je... je suis désolée. Je ne vois pas d'alternative.

Suzanna glissa un bras autour de ses épaules.

— Ce n'est pas ta faute. Nous savions toutes que c'était inéluctable.

— Nous avons perdu notre trésor de guerre lors du dernier krach boursier, rappela Amanda en secouant la tête. Je sais, j'ai investi dans...

— Nous avons investi dans des valeurs que nous avait recommandées un agent de change réputé, corrigea Lila. Bien sûr, tout aurait été pour le mieux si le marché n'avait pas baissé... Mais comme on dit, avec des si...

Coco embrassa sa nièce.

— Nous sommes ensemble, et c'est ce qui compte.

— Oui, c'est l'essentiel, renchérit Catherine. Alors, que faisons-nous ?

— Invitons Trent à nous rejoindre, proposa Amanda qui avait recouvré son sang-froid. En espérant que son offre est toujours valable.

Catherine se leva et se dirigea vers la porte d'une démarche peu assurée.

— Je vais le chercher.

Hébétée, elle emprunta le corridor, traversa le hall et s'engagea dans l'escalier. Elle n'arrivait pas à le croire. Non, elle n'arrivait pas à croire que sa maison chérie ne lui appartiendrait bientôt plus. Elle n'arrivait pas à croire qu'elle n'aurait alors plus le privilège de contempler la mer depuis la terrasse qui communiquait avec sa chambre, qu'elle n'aurait plus le bonheur de gravir l'escalier en colimaçon jusqu'au sommet de la tour de Bianca et de découvrir Lila nichée près de la fenêtre, le visage rêveur. Elle ne verrait plus Suzanna jardiner ni les enfants courir dans les allées. Amanda ne dévalerait plus les marches pour foncer à un rendez-vous et le joyeux remue-ménage de tante Coco, dans la cuisine, ne ferait plus partie de son quotidien.

Une page se tournait.

*
* *

Trent trouva la famille rassemblée autour de la table de la salle à manger, et devina sur-le-champ que les Calhoun serreraient les rangs. Catherine était venue le chercher dans sa chambre, raide comme la justice, le regard meurtri.

— Mesdames ?

Coco désigna une chaise vide à sa droite.

— Asseyez-vous, Trent, je vous en prie. J'espère que nous ne vous dérangeons pas.

— Pas du tout.

Trent chercha à accrocher le regard de Catherine, mais celle-ci fixait obstinément le plafond.

— Est-ce une nouvelle séance de spiritisme ? demanda-t-il.

— Non, pas cette fois, lui répondit Lila avant de se tourner vers sa sœur. Mandy, c'est à toi.

— Entendu.

Amanda sentit la main de Suzanna qui agrippait la sienne sous la table.

— Voilà, Trent. Nous avons discuté de votre proposition d'acheter Les Tours et nous avons décidé d'accepter.

— Vous acceptez ?

— Oui, fit Amanda d'une voix blanche. Si votre offre tient toujours...

— Elle tient, bien sûr, acquiesça Trent.

Abasourdi, il se tourna vers Catherine.

— Vous allez vraiment vendre ?

La jeune femme rassembla son courage.

— N'est-ce pas ce que vous souhaitiez ? N'est-ce pas la raison de votre visite ?

« Quel ton sec ! » songea Trent avec amertume. Certes, il avait ce qu'il voulait. Mais cette victoire facile ne le comblait pas de joie.

— C'est une excellente nouvelle pour ma société, reconnut-il. Cependant... je tiens à m'assurer que vous êtes toutes d'accord.

— Nous le sommes, lui répondit Catherine en fixant le mur.

— Nos avocats respectifs régleront les détails, intervint Amanda. Néanmoins, avant qu'ils ne rédigent le protocole, j'aimerais passer en revue les clauses essentielles.

— Volontiers.

Lorsque Trent donna le prix auquel seraient vendues Les Tours, les yeux de Catherine se voilèrent de larmes.

— Ma société est prête à vous accorder des délais. Je me doute que vous procéderez à un inventaire avant de... déménager.

— A la vérité, lui indiqua Suzanna, nous préférerions quitter les lieux le plus vite possible...

Des yeux, Suzanna quêta l'approbation de ses sœurs.

— Du moins, dès que nous aurons trouvé une autre maison.

— Si je peux vous être utile...

— Vous en avez fait assez ! coupa Catherine avec froideur. Nous nous débrouillerons.

Lila se redressa.

— J'aimerais préciser un point. Vous achetez la maison et le terrain. Pas le contenu.

— En effet, le mobilier et tous les objets personnels vous appartiennent.

— Y compris le collier, qu'il soit retrouvé avant ou après notre départ. Et je veux que cette clause soit stipulée par écrit, Trent. Si, au cours des travaux d'aménagement, on découvre les émeraudes, celles-ci reviendront à la famille Calhoun.

— Entendu. Je veillerai à ce que cela soit mentionné dans le contrat.

— Et la tour de Bianca..., ajouta Lila dans un souffle. Ne l'abîmez pas...

L'atmosphère était soudain devenue intolérable, tant elle s'était chargée d'émotion. Coco se leva.

— Que diriez-vous d'un verre de vin ?

Catherine s'extirpa de sa chaise, avec une envie irrépressible de fuir.

— Excusez-moi. Si nous avons terminé, je me retire. Je suis morte de fatigue.

180

Trent lui emboîta aussitôt le pas, mais Suzanna le retint par le bras.

— Non, restez ici. Je m'en charge.

Catherine rejoignit la terrasse et laissa le vent froid venu de la mer sécher ses larmes. En cet instant, elle aurait aimé qu'une tempête se lève, qui aurait fait écho à la colère et à la passion violente qui déchiraient son cœur.

S'appuyant contre la balustrade de pierre, elle songea à la cruauté du destin qui avait mis Trent sur son chemin. Trent, qui refusait son amour et qui lui enlevait sa maison. S'il avait partagé ses sentiments, il n'aurait jamais eu la cruauté d'enlever Les Tours aux Calhoun.

— Catherine...

Suzanna, qui venait de surgir dans l'obscurité, glissa le bras sous celui de sa sœur.

— La nuit est glaciale. Pourquoi ne pas retourner à l'intérieur...

— Ce n'est pas juste, murmura Catherine.

— Non, en effet, ça ne l'est pas.

— Il ne sait même pas quel sacrifice cela représente pour nous. Il refuse même de comprendre.

— Peut-être que personne à part nous ne peut comprendre. En tout cas, ce n'est pas sa faute, ma chérie. Il n'est pas responsable de nos ennuis financiers.

Avec un soupir, Suzanna contempla ce jardin qu'elle aimait tant.

— Voilà presque huit ans, j'ai quitté l'île pour rejoindre Boston, en croyant que c'était le plus beau jour de ma vie. Quelle idiote !

— Ne parle pas de ça, intervint Catherine d'une voix douce. Je sais combien cela te fait souffrir.

— Pas autant que jadis. J'étais amoureuse, une jeune mariée à qui s'offrait un avenir radieux, sans nuage. Et pourtant, lorsque je me suis retournée et que j'ai vu Les Tours disparaître à l'horizon, j'ai pleuré comme un bébé. Ce sera plus facile cette fois...

Des larmes brûlantes aux yeux, Suzanna ajouta dans un souffle :

— Enfin, je l'espère.

— Nous trouverons une autre maison, j'en suis certaine, lui assura Catherine en posant la tête sur son épaule. Tu as raison, Trent n'est pas fautif. Mais...

Suzanna sourit.

— Tu as besoin d'un bouc émissaire.

— Il m'a blessée. Je ne l'admets pas de gaieté de cœur, crois-moi. J'aimerais pouvoir dire qu'il a tout fait pour me séduire ou même qu'il m'a laissée devenir amoureuse de lui. Mais je suis tombée dans ce piège toute seule.

— Et lui ?

— Il est indifférent.

— Vraiment ? A voir la façon dont il te dévore des yeux, je ne serais pas aussi catégorique que toi.

— Oh, je l'attire. Mais l'amour ne l'intéresse pas. Ainsi, avec son habituelle courtoisie, il a refusé de tirer avantage de mon « manque d'expérience ». Ce sont ses propres termes.

— Oh.

De nouveau, Suzanna tourna son regard vers le spectacle du jardin et des collines environnantes. Mieux que quiconque, elle savait que le rejet était la pire des tortures.

— Ce n'est pas une grande consolation, mais ç'aurait été encore plus difficile pour toi, s'il n'avait pas eu... cette délicatesse.

— Sa sollicitude va jusqu'à souhaiter que nous devenions bons amis ! ajouta Catherine d'un ton peu amène. Il m'a même invitée à dîner demain soir. Sans doute cherche-t-il à s'assurer que je ne me lamente plus et qu'il peut rentrer à Boston l'esprit serein.

— Quelle a été ta réponse ?

— J'ai accepté. Je vais lui prouver que mon éducation est aussi bonne que la sienne. Il va regretter d'avoir posé les yeux sur Catherine Calhoun.

Décidée, Catherine se redressa et virevolta autour de sa sœur.

— As-tu toujours ta fabuleuse robe rouge ? Celle qui a un décolleté vertigineux dans le dos ?

— Cette question ! s'exclama Suzanna avec un sourire entendu. Bien sûr que oui !

— Alors, allons l'essayer !

Incroyable quelle métamorphose une robe pouvait permettre ! songea Catherine qui s'observait, non sans satisfaction, dans le grand miroir de sa chambre.

Son maquillage étudié semblait réussi. Grâce au rouge à lèvres d'Amanda, sa bouche était du même rouge étincelant que la robe. Ses yeux étaient ombrés de vert sombre — merci, Lila. Et ses cheveux brillaient de reflets ardents. Trenton St. James, troisième du nom, allait tomber en syncope.

— Suzanna m'a dit que tu avais besoin de chaussures.

Lila, qui venait d'entrer dans la chambre, s'arrêta pile, bouche bée.

— Oh, excusez-moi, j'ai dû me tromper de chambre...

Catherine lui adressa un sourire éclatant et tournoya.

— Quel est ton verdict ?

— Trent va avoir besoin d'une séance de réanimation, avec tente à oxygène.

L'œil approbateur, Lila tendit à sa sœur une paire d'escarpins à talons hauts.

— Tu es dangereusement belle, mon chou.

— Tant mieux ! Voyons à présent si je peux marcher sur ces échasses sans trébucher.

— C'est une question de pratique. Je vais chercher Mandy.

Quelques instants plus tard, les trois sœurs aidaient Catherine à faire ses premiers pas de femme du monde.

— Je ne suis pas habituée aux talons, avoua la vedette de la soirée. Amanda, comment peux-tu travailler toute la journée avec ça ?

— C'est une question de talent.

— Marche lentement, sans te presser, conseilla Lila. Comme si tu avais tout ton temps.

Amanda acquiesça.

— Oui, imite Lila. C'est notre expert en matière de lenteur...

— La lenteur est une des clés de la séduction, ma chère ! répliqua l'intéressée, piquée au vif.

Catherine s'exécuta.

— Bravo ! s'exclama Amanda en battant des mains. Tu as une démarche de reine. A propos, quel manteau porteras-tu ?

— Je n'y ai pas réfléchi.

— Je vais te prêter ma cape de soie noire. Tu risques la pneumonie mais, avec ça, tu seras superbe. Quant au parfum, je vais emprunter à tante Coco celui qu'elle a reçu à Noël.

— Non, il est trop chargé, assura Suzanna en secouant la tête. Catherine doit garder son parfum habituel. Le contraste avec son nouveau look le rendra fou !

Loin de se douter de ce qui se tramait à son insu, Trent était installé dans le salon et remerciait Coco pour son hospitalité.

— Cela a été un plaisir pour nous que de vous recevoir, mon cher, lui assura-t-elle. J'espère que nous nous reverrons bientôt.

Son intuition féminine ne la trompait jamais. Trent était toujours attiré par une de ses nièces. Elle ne déclarait pas forfait...

— Je l'espère. En tout cas, Coco, je vous admire d'avoir élevé quatre ravissantes jeunes femmes.

— Elles m'ont apporté beaucoup de bonheur... Cette maison va me manquer, avoua Coco en jetant un regard autour d'elle. Pour être honnête, je ne croyais pas que cela m'affecterait autant. Je n'ai pas grandi ici, pourtant. Nous voyagions une grande partie de l'année — sans doute parce que Les Tours rappelaient à mon père la disparition tragique de sa mère. Ensuite, j'ai suivi mon mari à Philadelphie, où je suis restée quelques années encore après sa mort. Ce n'est qu'après l'accident de Judson et Deliah que je suis venue m'occuper de mes nièces.

Elle esquissa un sourire confus.

— Je suis désolée de vous ennuyer avec ces histoires.

— Pourquoi vous excuser ? rétorqua Trent en buvant une gorgée de whisky. Je n'ai jamais eu une maison de famille comme celle-ci. Et c'est seulement maintenant que je commence à comprendre ce qu'elle peut signifier pour vous...

— Vous savez quoi, mon cher Trent. Vous devriez trouver une charmante jeune femme et fonder un foyer. Quelle tristesse de rentrer dans un appartement vide...

Trent se pencha et caressa la tête de Fred, pour se dispenser de répondre. Quand le chiot aboya, il leva la tête. La première chose qu'il vit fut une paire de hauts talons. Puis son regard suivit deux longues jambes fuselées et une robe cramoisie qui épousait un corps aux formes indubitablement féminines.

— Y a-t-il un problème ? demanda Catherine, devant son regard abasourdi.

« S'il y a un problème ? » songea Trent dans la confusion la plus totale. Eh bien, pour commencer, il y avait ces lèvres rouges qui brillaient des feux de la tentation.

— Catherine ? bredouilla-t-il en se levant tant bien que mal.

— Nous dînons toujours ensemble ce soir ?

— Nous... oui... Vous êtes magnifique.

— Vous aimez ? Le rouge est une couleur flatteuse.

— Elle vous va à ravir. Je... je ne vous avais jamais vue en robe auparavant.

— Ce n'est pas la tenue idéale pour changer un joint de culasse, fit remarquer Catherine avec un sourire mutin. Nous y allons ?

— Où ?

— Dîner.

— Ah... Euh, oui. Bien sûr.

Goûtant avec euphorie le trouble évident qui s'était emparé de Trent, Catherine inclina la tête, comme le lui avait enseigné Suzanna, et tendit sa cape.

Les mains de Trent tremblèrent tandis qu'il s'en emparait. Pourtant, il avait accompli ce geste galant des centaines de fois.

— Ne m'attends pas, tante Coco.

— Non, chérie.

Dès que la porte d'entrée se fut refermée, les trois sœurs Calhoun rejoignirent tante Coco, et laissèrent éclater leur triomphe.

188

9.

— Je suis heureuse que vous m'ayez convaincue de sortir ce soir, déclara Catherine tandis que Trent lui ouvrait la portière.

— J'avais peur que vous ne vous décommandiez.

Catherine se glissa sur le siège avant.

— Pourquoi ? A cause de la maison ? Le problème est réglé... A présent, je préférerais que nous évitions le sujet.

— Entendu.

Trent fit le tour de la voiture et s'installa au volant.

— Amanda m'a donné l'adresse d'un bon restaurant.

Les clés dans le creux de sa main, il ne pouvait détacher son regard de la jeune femme qui était assise à côté de lui, éblouissante dans son fourreau de soie rouge.

— Quelque chose ne va pas ? lui demanda-t-elle.

— Non.

« Enfin, presque », songea Trent. Il avait l'impression que son système nerveux s'était complètement déréglé. Après avoir démarré, il essaya de reprendre le fil de la conversation.

— J'ai pensé que vous aimeriez dîner au bord de l'océan.

— C'est une excellente idée ! A propos, avez-vous entendu de nouveau ce bruit suspect dans votre moteur ?

— J'ai dû rêver..., répondit évasivement Trent. Vous ne m'avez jamais expliqué comment vous en étiez arrivée à vous lancer dans la mécanique.

Catherine changea de position, et il huma avec délices des effluves de chèvrefeuille.

— Parce que j'étais douée, tout simplement. A six ans, j'ai démonté la tondeuse à gazon pour voir comment elle fonctionnait. Je crois que c'est là que j'ai attrapé le virus. Et vous, pourquoi avoir choisi l'hôtellerie ?

— Ma famille le souhaitait.

Surpris par sa propre réponse, Trent s'interrompit avant d'ajouter :

— Et j'ai acquis une certaine compétence dans ce domaine.

— Vous y avez pris goût ?

S'il y avait pris goût ? C'était une question que Trent ne s'était jamais posée...

— Oui, je suppose, répondit-il.

— Vous supposez ? répéta Catherine en haussant les sourcils. Et moi qui croyais que vous étiez très sûr de vous.

Trent lança un regard aigu dans sa direction et faillit quitter la route.

— Il semblerait que non.

Lorsqu'il se gara devant l'entrée du restaurant, il s'était habitué à la transformation de la jeune femme. Du moins, il le pensait. Quand il lui ouvrit la portière et qu'elle sortit de la voiture, il sentit son cœur s'emballer.

— Etes-vous sûr que tout va bien, Trent ?

— Eh bien, à vrai dire, non. Je n'en suis pas si sûr...

Aucun homme au monde ne pouvait résister à une femme aussi érotique. Il passa une main sur la nuque de Catherine et murmura :

— Laissez-moi vérifier.

Elle se déroba avant qu'il n'ait pu poser les lèvres sur les siennes.

— Attention ! lança-t-elle. Vous ne devez pas oublier que ce n'est pas un rendez-vous galant. Juste un dîner amical.

— J'aimerais changer les règles.

— Trop tard.

Avec un sourire, elle lui tendit la main.

— Venez. Je meurs de faim.

— Vous n'êtes pas la seule, murmura Trent avant de la guider vers l'intérieur du restaurant.

Une jolie table les attendait près de la grande baie vitrée qui surplombait l'océan. En sourdine, on entendait le murmure des vagues, tandis qu'à l'horizon le soleil dardait ses derniers feux. Trent commanda une bouteille de vin tandis que Catherine examinait le menu.

— Je n'étais jamais venue ici, remarqua-t-elle en se déchaussant discrètement sous la table. C'est ravissant.

— Je ne vous garantis pas que la cuisine sera aussi délicieuse que celle de votre tante.

— Personne n'égale tante Coco ! La pauvre, elle doit être désolée de vous voir partir. Il n'est rien qu'elle aime autant que mitonner des petits plats pour un homme.

— Et vous ? demanda Trent.

— Quoi, moi ?

— Etes-vous triste de me voir partir ?

Gênée, Catherine se plongea dans la lecture de la carte qui contenait nombre de spécialités à base de fruits de mer. Curieusement, aucun plat ne parvint à retenir son attention.

— Tant que vous êtes encore là, c'est difficile à dire, avoua-t-elle. J'imagine que vous allez avoir de quoi vous occuper dès votre arrivée à Boston.

— En effet. Je pense ensuite prendre des vacances. Bar Harbor me semble un bon choix.

— Des milliers de personnes le pensent, acquiesça Catherine, qui vit alors avec soulagement arriver le garçon et le vin.

— Et vous, si vous aviez le choix, où aimeriez-vous aller ?

— Voilà une question bien difficile. Surtout pour quelqu'un comme moi qui n'ai jamais voyagé...

Tout en réfléchissant, Catherine sirota une gorgée de vin.

— Ce serait un endroit au bord de la mer, imagina-t-elle, où je pourrais tous les soirs admirer le coucher du soleil. Un endroit reposant et chaleureux... Je suppose que j'aurais dû répondre Paris ou Londres.

Trent posa la main sur la sienne.

— Non. Catherine...

La jeune femme leva les yeux sur le maître d'hôtel qui attendait, immobile, près de leur table.

— Vous... ne voulez pas commander ? bredouilla-t-elle.

— Si.

Lorsqu'ils furent de nouveau seuls, Catherine glissa ses mains sous la table et demanda :

— Avez-vous déjà vu une baleine ?

— Je... non, répondit Trent, un peu étonné par cette question.

— Eh bien, quand Les Tours seront reconverties en hôtel, vous devriez prendre un jour de repos et faire une excursion sur un des bateaux touristiques. La dernière fois que j'ai passé la journée en mer, j'ai vu trois belles baleines à bosse. Il faut bien se couvrir, car l'air du large est glacial. On est un peu secoué par la houle, mais c'est une fabuleuse balade. C'est même la grande attraction de l'île. Beaucoup d'hôtels proposent d'ailleurs...

— Catherine...

Trent l'interrompit et lui serra le poignet avant qu'elle ne soulève son verre. Il sentit le battement désordonné de son pouls. Ce n'était pas la passion, cette fois, songea-t-il avec amertume. Mais le chagrin de perdre son paradis.

— Les papiers ne sont pas signés, lui rappela-t-il. Il est encore temps d'étudier d'autres options.

Ainsi, songea Catherine, il avait deviné son désarroi. Ses yeux exprimaient la sollicitude et les regrets. Mais cela rendait les choses encore plus difficiles.

— Il n'y a pas d'autres solutions, assura-t-elle. Ou nous vous cédons Les Tours maintenant, ou le manoir sera vendu aux enchères dans quelques mois pour payer impôts et factures. Le résultat sera le même. Et pour nous, il est plus digne de s'en séparer aujourd'hui.

— Pourquoi ne vous ferais-je pas un prêt ?

— Nous ne pouvons pas accepter votre argent, Trent.

Il soupira et resta un instant silencieux.

— Vous savez, Catherine, j'ai vraiment l'impression de dépouiller la veuve et l'orphelin...

— Nous sommes cinq femmes fortes et autonomes ! répliqua Catherine en parvenant à sourire. Nous ne vous blâmons pas. Excepté moi. Mais je reconnais que je suis injuste. Mes sentiments pour vous ne me rendent pas la tâche facile.

— Vos sentiments ? Quels sentiments ?

A son tour, la jeune femme laissa échapper un profond soupir tandis que le serveur apportait les entrées.

— Vous m'avez tout pris. Ma demeure et mon cœur... Tant pis, je m'en remettrai. Est-ce tout ce que vous désirez savoir ?

Quand Trent reprit sa main, elle n'essaya pas de se dérober.

— Je ne voulais pas vous blesser, murmura-t-il, savourant le contact des doigts fins de Catherine. Je suis juste incapable de promettre — à vous ou à quiconque — amour et fidélité.

Elle retira sa main.

— C'est triste... Moi, je perds seulement une maison. Je peux en trouver une autre. Vous, vous perdez le reste de votre vie et vous n'en avez qu'une — à moins, bien sûr,

que vous ne croyiez, comme Lila, à la métempsycose...
Ce vin est délicieux. Quel est le nom de ce nectar ?

— Du pouilly fumé.

— Il faudra que je m'en souvienne.

Durant la suite du dîner, Catherine continua à bavarder avec une fausse légèreté, tout en mangeant sans appétit. Lorsque le café fut servi, elle souffrait le martyre.

Affecter une fausse indifférence alors qu'elle se trouvait face à l'homme qu'elle aimait était inhumain. Elle aurait voulu crier, lui dire combien elle lui en voulait de jouer avec ses émotions. Au lieu de cela, elle avait seulement la force de se réfugier dans son orgueil. Et de poursuivre cette conversation anodine.

— Votre mère vit-elle aussi à Boston ?

— Non. En fait, elle voyage sans arrêt. Elle n'a pas vraiment un tempérament sédentaire.

— Elle s'entendrait bien avec Colleen Calhoun, alors. C'est la tante de mon père et la fille aînée de Bianca. Elle a élu domicile sur les bateaux de croisières. De temps en temps, nous recevons une carte postale depuis un coin impossible de la planète. Elle a quatre-vingts ans et des poussières mais, croyez-moi, elle a toujours du caractère. Elle ne jure que par le célibat et elle est féroce comme un requin. Nous vivons dans la terreur de ses visites.

196

— J'ignorais que vous aviez d'autres parents, avoua Trent en fronçant les sourcils. Elle sait peut-être quelque chose sur le collier ?

Catherine eut une moue dubitative.

— Ça m'étonnerait. Elle n'était encore qu'une enfant quand Bianca est morte, et elle a passé la majeure partie de son adolescence en pension. De toute manière, si nous arrivions à la prévenir — ce qui constituerait déjà en soi un exploit —, elle reviendrait à toute vapeur pour remuer chaque pierre. Si elle n'a jamais aimé Les Tours, elle a en revanche un indéniable faible pour l'argent.

— On dirait qu'elle ne vous ressemble guère, ni à vos sœurs ni à Coco, remarqua Trent.

— Oh, nous avons une belle sélection de phénomènes dans la famille. Le grand-oncle Sean, le plus jeune fils de Bianca, a été tiré comme un lapin, alors qu'il s'enfuyait par le balcon de la chambre d'une femme mariée... Il est ensuite parti pour les Indes, et personne n'en a plus jamais entendu parler. Cela se passait pendant les années 30. Il y a encore Ethan, mon grand-père, qui a perdu des sommes faramineuses dans les casinos et sur les champs de courses. Le jeu était son péché mignon, et c'est ce qui l'a tué. Il avait ainsi parié qu'il ferait l'aller-retour entre Bar Harbor et Newport en moins d'une semaine. Sur le trajet du retour, il a essuyé une violente tempête.

Son bateau a chaviré et il a disparu corps et biens. Même son dernier pari, il l'a perdu...

— Eh bien, quels aventuriers ! s'exclama Trent.

— Ce sont des Calhoun, déclara Catherine, comme si cela expliquait tout. Bien, il est tard. Peut-être devrions-nous rentrer...

Alors qu'elle allait se lever, elle se souvint qu'elle était pieds nus. Elle tâtonna pour retrouver ses escarpins.

— Que se passe-t-il ? lui demanda Trent.

— J'ai... perdu mes escarpins.

« Tant pis pour l'image sophistiquée ! » songea Catherine.

Trent se pencha pour vérifier et aperçut les longues jambes galbées de sa compagne.

— Ah..., fit-il avant de s'éclaircir la gorge et de fixer les yeux sur la moquette. Les voilà.

Il les ramassa et se redressa en souriant.

— Tendez vos jambes. Je vais vous aider...

Tandis qu'elle glissait le pied dans un escarpin, Trent lui effleura les chevilles du bout des doigts. A peine une caresse... Quand il leva les yeux, il surprit une flamme de désir dans ceux de la jeune femme.

— Vous ai-je dit combien vous aviez de belles jambes ? lui déclara-t-il.

Elle se raidit.

— Non. Mais... c'est gentil de le remarquer.

198

— Difficile de faire autrement. Rendez-vous compte : même sous une combinaison de mécanicien, elles sont incroyablement attirantes !

Ignorant les battements précipités de son cœur, Catherine se pencha en avant.

— Ça me rappelle...

En cet instant, Trent pouvait l'embrasser. Leurs bouches n'étaient plus qu'à quelques centimètres l'une de l'autre.

— Quoi ?

— Vos amortisseurs ne résisteront pas plus de trois cents kilomètres.

Avec un sourire, elle se leva.

— J'y jetterai un coup d'œil en arrivant à la maison, promit-elle.

Heureuse d'avoir marqué un point, la jeune femme sortit la tête haute du restaurant.

Dans la voiture, elle se félicita de son sang-froid. Elle s'en était bien tirée. Si Trent ne souffrait sans doute pas autant qu'elle, Catherine était au moins certaine d'avoir réussi à l'embarrasser une fois ou deux. Demain, il repartait pour Boston...

Elle se tourna vers la vitre et sonda l'obscurité, réprimant tant bien que mal ses larmes. Oui, il rentrerait chez lui, mais il ne l'oublierait pas si facilement. La dernière vision qu'il aurait d'elle serait celle d'une jeune femme pleine d'assurance, vêtue d'une irrésistible robe rouge. C'était tout de même plus flatteur que l'image d'une garagiste en salopette, les mains pleines de cambouis.

Plus important encore que tout cela, Catherine s'était prouvé quelque chose à elle-même. Qu'elle pouvait aimer, et qu'elle pouvait laisser s'échapper cet amour.

Elle leva les yeux tandis que la voiture s'engageait dans la propriété. Au loin, la tour de Bianca se dressait dans la nuit.

— Il y a de la lumière, là-haut, remarqua Trent en ralentissant.

— Lila, murmura Catherine. Elle va souvent s'y réfugier.

Le manoir disparut derrière les arbres, et ils ne virent pas s'éclipser la mince silhouette qui était postée derrière la fenêtre de la tour.

A l'intérieur, Lila dévala les escaliers.

— Ils arrivent !

Aussitôt, quatre femmes se ruèrent vers la fenêtre la plus proche, dévorées de curiosité.

— Merci pour cette soirée, dit Catherine en descendant de la BMW.

— Vous... vous reverrai-je avant mon départ ?

— Sans doute pas. Disons-nous au revoir maintenant.

— Non, demain. J'ai besoin de vous revoir.

— Le garage ouvre à 8 heures. Je serai là-bas.

Avec un soupir, Trent posa les mains sur ses épaules.

— Oh, je vous en prie, Catherine ! Vous savez très bien ce que je veux dire.

— Non.

— Alors venez à Boston.

— Pourquoi ?

— Eh bien, vous m'avez dit que vous n'y étiez jamais allée. Et puis, nous pourrions... passer un peu de temps ensemble.

Sous sa cape, Catherine ne put s'empêcher de frissonner.

— Vous me demandez d'avoir une liaison avec vous, c'est ça ?

— Oui... Non... Oh, attendez !

Derrière la fenêtre, Lila sourit.

— Il est fou amoureux d'elle, mais il est trop stupide pour s'en rendre compte.

— Chut ! lui ordonna Coco.

Au pied des marches, Trent fit une nouvelle tentative.

— Avec vous, rien ne se passe comme je le souhaite. Je m'étais juré de me comporter en gentleman et, à présent, je rêve de vous prendre dans mes bras.

— Vous ne m'aimez pas.

— Je ne sais pas ce qu'est l'amour, Catherine. Mais je sais que je tiens à vous. Croyez-vous que ce serait suffisant ?

— Non, Trent. J'attends plus. Je mérite plus.

Les yeux rivés aux siens, elle noua les bras autour de son cou.

— Ceci est mon baiser d'adieu.

Elle pressa les lèvres contre les siennes, en hurlant en silence sa passion, puis elle s'arracha à l'étreinte de ses bras.

— Catherine..., l'appela Trent.

Déjà, elle avait pivoté et gravissait les marches du perron.

— Catherine...

Elle s'arrêta devant la porte.

— Catherine...

Avec un soupir, elle se décida à faire volte-face et lança d'une voix faible :

— Adieu, Trent.

Ma vie, si calme et si ordonnée, est devenue un mensonge et un enfer. A présent que l'automne approche, nous faisons les préparatifs pour regagner New York, et je remercie le ciel de quitter enfin l'île de Mount Desert.

Ces derniers jours, j'ai été à deux doigts de briser mon serment de fidélité. Que Dieu me pardonne pour l'adultère que j'ai commis dans le secret de mon cœur.

Dans une semaine, nous serons partis, et je ne verrai sans doute plus jamais Christian. Au moment où j'écris ces lignes, je sais qu'il m'attend au bord de la falaise. Pourtant, je n'irai pas le rejoindre ce soir. Lorsque j'en aurai la force, je retournerai là-bas uniquement pour lui dire adieu.

10.

— Voilà les papiers que vous m'avez réclamés, monsieur St. James.

Les yeux tournés vers la fenêtre, plongé dans sa rêverie, Trent ne réagit pas. Depuis son bureau, il contemplait l'animation trépidante qui était le lot quotidien de Boston.

— Monsieur St. James ?

Il consentit enfin à se tourner vers sa secrétaire.

— Oui ?

— Voici le dossier que vous m'aviez demandé.

— Merci, Angela.

Machinalement il consulta sa montre.

— Il est plus de 17 heures, remarqua-t-il. Vous devriez rentrer chez vous. Votre famille vous attend.

Angela hésita. Cela faisait maintenant plus de six ans qu'elle travaillait pour Trenton. Mais au cours des trois dernières semaines, quelques faits marquants étaient intervenus, qui la troublaient. Ainsi, il avait commencé à l'appeler par son prénom, et s'inquiétait de sa vie de famille. La veille, il l'avait même complimentée sur sa nouvelle robe... D'où venait ce stupéfiant changement d'attitude ?

— Pardonnez mon indiscrétion, monsieur St. James, mais puis-je vous demander si... tout va bien ?

Trent ébaucha un sourire.

— N'ai-je pas l'air en pleine forme ?

— Si, bien sûr. Un peu fatigué peut-être... En fait, c'est depuis votre retour de Bar Harbor, vous semblez distrait, différent...

— En effet, on peut dire que je suis distrait. Différent, aussi. Et pour répondre à votre première question, je ne suis pas dans mon assiette.

— Eh bien, si je peux faire quelque chose, surtout...

En silence, Trent étudia un instant sa secrétaire avec attention.

— Angela, depuis combien de temps êtes-vous mariée ?

Interloquée, la jeune femme cilla.

— Dix ans.

— Etes-vous heureuse ?

— Oui. Très.

— Pourquoi ?

— Pourquoi ? répéta Angela, de nouveau surprise. Eh bien, je... je crois que c'est parce que mon mari et moi, nous nous aimons.

Trent hocha la tête.

— Et ça suffit ?

— L'amour vous permet de traverser bien des tempêtes, avoua Angela avec un sourire. A deux, il est souvent plus facile de manœuvrer un navire.

— Vous vous considérez donc comme une équipe... Avez-vous beaucoup de goûts en commun ?

— Non ! Même pas. Jœ aime le football — que je déteste. Il écoute du jazz — auquel je ne comprends rien... Mais nous adorons vivre ensemble... Ecoutez, monsieur St. James, si vous êtes dans cet état parce que Marla Montblanc s'est mariée la semaine dernière, autant vous avouer que je suis heureuse que vous ne soyez pas le... malheureux élu.

— Marla s'est mariée ?

Surprise que son patron n'en sache rien, Angela acquiesça avec un vigoureux hochement de tête.

— Oui, monsieur. Avec ce joueur de golf professionnel. C'était dans toutes les gazettes.

— Tiens, je ne l'avais pas remarqué.

En fait, l'attention de Trent avait été attirée par d'autres articles.

Intriguée, Angela constata qu'il ne semblait guère s'en émouvoir. Comment cela se faisait-il ? Une autre femme ! comprit-elle aussitôt. Si c'était elle qui affectait à ce point son patron, elle avait toute sa sympathie.

— Monsieur, si quelqu'un ou quelque chose vous préoccupe, vous ne devriez pas trop analyser...

Surpris, Trent sourit de nouveau.

— Moi, j'analyse trop, Angela ?

— Vous êtes quelqu'un de très méticuleux, monsieur St. James, et vous étudiez les détails avec un soin infini — ce qui est excellent dans les affaires. Mais un tel comportement n'est pas forcément une bonne chose dans la vie personnelle.

— J'en suis arrivé à la même conclusion ! s'exclama Trent en se levant. Merci, Angela.

— Bonsoir, monsieur.

Avec un grand sourire, la secrétaire quitta le bureau, et Trent se replongea dans sa contemplation des rues de Boston. Le mariage de Marla lui était apparu comme un fait mineur. En revanche, il avait lu avec attention — pour ne pas dire fièvre — les articles de journaux concernant le futur hôtel St. James aux Tours. Des articles qui faisaient allusion à ce mystérieux trésor qui retardait la vente...

Si Trent ignorait d'où venait la fuite, elle ne l'étonnait guère. De même, ainsi qu'il l'avait prévu, ses avocats avaient froncé les sourcils devant la clause exigée par Lila.

Et Catherine ? Cette publicité autour de sa famille devait la blesser. De nombreux journalistes s'étaient précipités à Bar Harbor, bien décidés à faire des émeraudes et de leur histoire un formidable roman-feuilleton. Avec un sourire, Trent imagina la jeune femme en train d'expulser de son garage des reporters trop indiscrets.

Dieu, comme elle lui manquait ! Le matin, en se levant, il se demandait ce qu'elle faisait. Et la nuit, il rêvait d'elle. Et depuis trois semaines qu'il l'avait quittée, il lui semblait qu'il pensait chaque jour un peu plus à elle.

Le contrat de vente des Tours était sur son bureau depuis la veille. Pourtant, il n'arrivait pas à le signer. Chaque fois qu'il l'ouvrait, il ne voyait que deux mots : Catherine Calhoun.

Soudain, une idée lui vint à l'esprit. Le projet était plutôt curieux, mais il fallait que ça marche. Il allait traiter l'affaire la plus importante de sa vie.

En souriant, il attrapa le téléphone...

Hank recula pour souffler et admirer son travail, puis il annonça :

— La Mustang est réparée, Catherine.

La jeune femme, qui était plongée sous un capot, sortit la tête et le buste.

— Une fois que nous l'aurons nettoyée, ce sera une merveille.

— Veux-tu que je m'occupe de la Ford ?

— Non, répondit Catherine en empoignant une clé à molette. Tu m'as dit au moins vingt fois que tu avais un rendez-vous galant ce soir. Alors, range tes outils et file !

— Merci. Au fait, vous avez trouvé une autre maison ?

Ignorant un douloureux pincement au cœur, Catherine se concentra sur son travail.

— Non. Nous allons en visiter une demain.

— Ce ne sera plus la même chose, une fois que les Calhoun auront quitté Les Tours... En tout cas, à propos de cette histoire de collier, il y a sûrement quelque chose de vrai. Les journaux ne parlent que de ça. Imagine ! Si vous le trouvez, vous serez toutes millionnaires, et tu pourras aller te faire dorer la pilule en Floride.

En dépit de sa tristesse, la jeune femme ne put s'empêcher de rire.

— J'ai bien peur que la Floride ne doive attendre. Car cette boîte de vitesses, elle, n'attendra pas.

— Veux-tu que je ferme le bureau ?

— Fiche-moi le camp, Hank ! Et passe une bonne soirée.

Après le départ de son assistant, Catherine marqua une pause. En fait, elle aurait aimé le retenir un peu plus longtemps. Sa présence l'empêchait de sombrer dans la tristesse.

D'un jour à l'autre, leur avocat pouvait leur téléphoner pour fixer la date de la signature de l'acte de vente. Peut-être avait-il même passé le coup de fil fatidique cet après-midi... Une raison de plus retenait Catherine dans son garage.

Trent viendrait-il ? Non, certainement pas. Il enverrait un subalterne ! songea-t-elle en replongeant sous le capot avec rage.

Quelques minutes plus tard, alors qu'elle en avait fini avec sa réparation, elle se redressa et étira ses muscles endoloris. Au même moment, elle prit soudain conscience que la radio était arrêtée. Elle pivota et aperçut Trent.

— Que faites-vous ici ?

— J'attendais que vous ayez terminé.

Ebloui par la beauté de la jeune femme — elle était encore plus resplendissante que dans son souvenir —, il avança d'un pas.

— Comment allez-vous ?

— Occupée et fatiguée. Je suppose que vous êtes ici pour la maison ?

— Oui. En partie.

— C'est Amanda qui s'occupe des détails, déclara Catherine en s'essuyant les mains avec un chiffon. Si vous avez besoin de discuter de quelque chose, elle se trouve au Bay Watch.

— C'est avec vous que j'ai besoin de discuter.

— Ah oui ? Eh bien, moi je n'ai rien à vous dire.

— Moi si.

Sans qu'elle s'en soit vraiment aperçue, Trent s'était approché d'elle, petit à petit. D'un mouvement impulsif, il la prit dans ses bras et s'empara de sa bouche.

— Voilà plus de trois semaines que j'en rêve, murmura-t-il contre ses lèvres.

— Partez !

— Catherine...

— Que Dieu vous maudisse, sortez ! s'écria-t-elle en se libérant avec vigueur. Je vous déteste. Vous m'entendez ? Je vous déteste ! Quelle sorte de monstre êtes-vous pour ainsi revenir vous moquer de moi ?

Tout en parlant, Catherine reculait. Soudain, elle heurta son établi. A tâtons, elle y chercha quelque objet et brandit alors un marteau.

— Si vous approchez, menaça-t-elle, je vous brise le nez !

Trent la contempla avec ravissement.

— Ah, je vous retrouve ! Ecoutez-moi, je vous en prie. J'ai changé mes plans.

— Vraiment ? Cela signifie-t-il que vous ne voulez plus acheter Les Tours ?

— Oui... enfin, non. Je vous propose de garder l'aile est, avec la tour de Bianca, tandis que je transforme l'aile ouest en hôtel de luxe. Une sorte de relais-château. D'après mes calculs, nous pourrons facilement aménager une dizaine de suites et installer un restaurant trois étoiles dans le billard, ainsi qu'un bar dans la tourelle.

— Dix suites ?

— Oui, dans l'aile ouest. Avec un soin bien particulier apporté à la personnalité de chaque chambre, au respect de l'architecture d'origine. Je pense que nous pourrions ainsi bénéficier d'une clientèle qui ne serait pas simplement saisonnière...

Déboussolée, Catherine pressa ses doigts sur ses tempes.

— Nous... vous louerons le reste de la maison ?

— Je pensais plutôt à une association. La société St. James prendrait à sa charge la rénovation de la demeure, et nous partagerions les bénéfices, moitié moitié.

— Ça ne marchera pas ! Qui voudra payer pour séjourner dans une maison occupée par ses propriétaires ?

— N'oubliez pas que Les Tours ont à leur actif une légende, un fantôme et un mystère. Les gens paieront très cher pour venir ici. Et quand ils goûteront la bouillabaisse de tante Coco...

— Tante Coco ?

— Je lui ai offert de diriger les cuisines. Elle est enchantée. De son côté, Amanda pourrait assumer la coordination générale de l'établissement. Alors, qu'en pensez-vous ?

Médusée, Catherine demeura quelques instants sans voix.

— Pourquoi faites-vous ça ? demanda-t-elle enfin.

— Je veux que vous conserviez votre maison, Catherine.

— La culpabilité opère des miracles...

— Ce n'est pas la culpabilité, ma chérie. Mais l'amour...

Il l'enlaça avec autorité.

— Ne vous enfuyez pas. Ne parlons plus affaires. Parlons de vous et moi.

— Vous n'avez pas le droit de recommencer à me torturer.

— Je ne vous torture pas. J'essaie de vous dire que je vous aime.

Les yeux écarquillés, Catherine s'immobilisa.

— Quoi ?

— Taisez-vous et écoutez-moi. Je viens de passer les trois semaines les plus épouvantables de mon existence... Catherine, j'ai besoin de vous. Il n'y a qu'avec vous que je puisse connaître le bonheur. Dites-moi que vous m'aimez encore. Donnez-moi une nouvelle chance.

— Je vous aime toujours, reconnut la jeune femme. Pour ce qui est d'une nouvelle chance, je ne peux pas vous la donner.

— Catherine...

— Parce que vous n'avez pas saisi la première.

En entendant cela, Trent la serra contre lui.

— Non, Trent ! Je vais vous mettre du cambouis partout.

— Autant s'y habituer tout de suite ! lança-t-il, avant de s'emparer une nouvelle fois de sa bouche.

Catherine comprit qu'il était inutile de résister.

— Peut... peut-être vaudrait-il mieux fermer les portes du garage ? demanda-t-elle dans un souffle.

— Non. Faisons les choses par ordre.

Il extirpa de sa poche un petit écrin qu'il ouvrit, avant de le lui tendre.

— Vous m'avez dit une fois que si je vous offrais un diamant, vous me ririez au nez. J'ai donc pensé que j'aurais peut-être plus de chance avec une émeraude.

Des larmes de joie embuèrent les yeux de Catherine tandis qu'elle contemplait le bijou.

— Si c'est une demande en mariage, il n'y a pas besoin de compter sur la chance. Ma réponse est oui.

Un grand sourire aux lèvres, Trent lui passa la bague au doigt et lança :

— Alors, rentrons à la maison !

Chère lectrice,

Vous nous êtes fidèle depuis longtemps?
Vous venez de faire notre connaissance?

C'est pour votre plaisir que nous avons
imaginé un rendez-vous chaque mois
avec vos auteurs préférés, vos
AUTEURS VEDETTE dans les
collections Azur et Horizon.

Les AUTEURS VEDETTE vous
donneront rendez-vous pour de
nouveaux livres vedette.

Pour les reconnaître, cherchez
l'étoile... Elle vous guidera!

Éditions Harlequin

HARLEQUIN

LE FORUM DES LECTEURS ET LECTRICES

CHERS(ES) LECTEURS ET LECTRICES,

VOUS NOUS ETES FIDÈLES DEPUIS LONGTEMPS?

VOUS VENEZ DE FAIRE NOTRE CONNAISSANCE?

SI VOUS AVEZ DES COMMENTAIRES, DES CRITIQUES À
FORMULER, DES SUGGESTIONS À OFFRIR, N'HÉSITEZ
PAS... ÉCRIVEZ-NOUS À:

> LES ENTERPRISES HARLEQUIN LTÉE.
> 498 RUE ODILE
> FABREVILLE, LAVAL, QUÉBEC.
> H7R 5X1

C'EST AVEC VOS PRÉCIEUX COMMENTAIRES QUE NOUS
ALLONS POUVOIR MIEUX VOUS SERVIR.

DE PLUS, SI VOUS DÉSIREZ RECEVOIR UNE OU
PLUSIEURS DE VOS SÉRIES HARLEQUIN PRÉFÉRÉE(S)
À VOTRE DOMICILE, NE TARDEZ PAS À CONTACTER LE
SERVICE D'ABONNEMENT; EN APPELANT AU
(514) 875-4444 (RÉGION DE MONTRÉAL) OU 1-800-667-4444
(EXTÉRIEUR DE MONTRÉAL) OU TÉLÉCOPIEUR
(514) 523-4444 OU COURRIER ELECTRONIQUE:
AQCOURRIER@ABONNEMENT.QC.CA OU EN ÉCRIVANT À:

> ABONNEMENT QUÉBEC
> 525 RUE LOUIS-PASTEUR
> BOUCHERVILLE, QUÉBEC
> J4B 8E7

MERCI, À L'AVANCE, DE VOTRE COOPÉRATION.

BONNE LECTURE.

HARLEQUIN.

VOTRE PASSEPORT POUR LE MONDE DE L'AMOUR.

ROUGE PASSION

De fiévreuses histoires d'amour sensuelles!

De provocantes histoires d'amour passionnées et romantiques qu'on lit d'une seule traite. Aventureuses, parfois humoristiques, et sensuelles, elles mettent en vedette des hommes et des femmes d'aujourd'hui.

ROUGE PASSION... trois nouveaux titres chaque mois.

<u>COLLECTION HORIZON</u>

Des histoires d'amour romantiques qui vous mènent au bout du monde!

Découvrez la passion et les vives émotions qu'apportent à la Collection Horizon des auteurs de renommée internationale!

Captivantes, voire irrésistibles, ces histoires d'amour vous iront assurément droit au coeur.

Surveillez nos trois nouveaux titres chaque mois!

GEN-H-R

La **COLLECTION AZUR**
Offre une lecture rapide et

- ☑ *stimulante*
- ☑ *poignante*
- ☑ *exotique*
- ☑ *contemporaine*
- ☑ *romantique*
- ☑ *passionnée*
- ☑ *sensationnelle!*

*COLLECTION AZUR...des histoires
d'amour traditionnelles qui vous
mènent au bout monde!
Cinq nouveaux titres chaque mois.*

GEN-RP-R

♉ ♊ ♋ ♌ ♎

♋ **L'ASTROLOGIE EN DIRECT**
TOUT AU LONG
DE L'ANNÉE. ♒

(France métropolitaine uniquement)
Par téléphone 08.92.68.41.01
0,34 € la minute (Serveur SCESI).

Composé et édité
PAR LES ÉDITIONS HARLEQUIN
Achevé d'imprimer en décembre 2003

BUSSIÈRE
GROUPE CPI

à Saint-Amand-Montrond (Cher)
Dépôt légal : janvier 2004
N° d'imprimeur : 37150 — N° d'éditeur : 10378

Imprimé en France